KB006659

JON FOSSE
NAUSTET

보트하우스

초판 1쇄 발행 | 2020년 1월 9일
초판 2쇄 발행 | 2023년 10월 9일

지은이 욘 포세
옮긴이 홍재웅
발행인 한명선

주소 서울시 종로구 평창길 329(우편번호 03003)
문의전화 02-394-1037(편집) 02-394-1047(마케팅)
팩스 02-394-1029
전자우편 saeum2go@daum.net
블로그 blog.naver.com/saeumpub
페이스북 facebook.com/saeumbooks
인스타그램 instagram.com/saeumbooks

발행처 (주)새움출판사
출판등록 1998년 8월 28일(제10-1633호)

ⓒ 욘 포세, 2020
ISBN 979-11-90473-05-7 03850

- 잘못된 책은 바꾸어 드립니다.
- 책값은 뒤표지에 있습니다.

JON FOSSE
NAUSTET
보트하우스

욘 포세 장편소설

홍재웅 옮김

새움

차
례

나는 더 이상 밖에 나가지 않는다. 불안감이 엄습하여 나는 밖에 나가지 않는다. 이 불안감이 엄습해 온 것은 바로 지난 여름이었다. 나는 척어도 10년은 보지 못했던 크누텐과 다시 마주쳤다. 크누텐과 나, 우리는 늘 함께였다. 내게 불안감이 엄습해 왔다. 그게 무엇인지는 모르겠지만, 그 불안 증세로 내 왼팔, 내 손가락이 쑤신다. 난 더 이상 밖에 나가지 않는다. 어째서인지는 모르겠지만, 내가 마지막으로 문밖에 나선 지도 몇 달이 되었다. 그것이 바로 이 불안감이다. 그것이 내가 글을 쓰는 이유이고, 내가 소설을 쓰기로 마음먹은 이유다. 난 무엇이든 해야 한다. 이 불안감이 그치질 않는다. 아마 내가 글을 쓴다면 도움이 되지 않을까. 불안감이 엄습해 온 것은 바로 지난여름이었다. 난 크누텐과 다시 마주쳤다. 그는 결혼했고, 두 딸이 있었다. 어린 시절에, 크누텐과 나는 늘 함께였다. 그런데 크누텐이 떠났다. 난 그를 소리쳐 불렀지만, 크누텐은 그냥 떠나 버렸다. 불안감이 엄습해 왔다. 나는 그의 뒷모습을 바라보았다. 무슨 말을 해야 할지 모른 채 나는 그저 길 위에 우두커니 서 있던 크누텐을 바라보았고, 그러고 나서 그는 길을 따라 떠나가 버리고 말았다. 그 후로는 그를 보지 못했다. 크누텐, 그를 적어도 10년은 보지 못했고, 그러고서 지난여름 다시 그를 만났다. 크누텐의 부인, 노란 우비, 그 청재킷, 그녀의 눈, 크누텐은 음악교사로, 휴가를 맞아 집에 온 것이었다. 나는 서른 살을 넘겼고, 내 삶에 이룬 것이 아무것도 없다. 나는 이곳에서 어머니와 같이 산다. 불안감이 엄습해 온 것은 바로 지난여름이었다. 이전까지 나는 나 자신의 의지로는 아무것도 쓴 적이 없다. 대부분의 사람들이 편지나 시를 쓴 적이 있을 테지만, 나는 아무것도 쓴 적이 없다. 문득, 내가 글을 쓸 수 있을지도 모른다는 생각이 떠올랐다. 나는 무엇이든 해야 했고, 그 불안은 너무나 거대했다. 내가 글을 쓰기 시작해야 할지 모른다는 생각은 아주 갑작스레 떠올랐다. 그것은 그 불안감이 엄습해 온 이후였다. 나는 무언가를 해야만 했고, 그 불안을 떨쳐 내야만 했다. 사실 이전까지는, 이 불안감이 엄습해 오기 전까지는 내가 글을 쓰게 될 가능성에 대해 전혀 생각해 보지 않았다. 이 불안감은 특히 해질 무렵이면 계속해서 엄습해 온다. 하루 중 가장 좋은 때였지만, 이제 해질 무렵은 아주 불안하다, 아주 끔찍하게 불안하다. 어쩔 수 없이 무언가 할 일을 찾아야 했고, 그래서 나는 글을 쓰기로 마음먹었다. 글쓰기가 불안을 떨쳐 내는 데 도움이 되지 않을까. 모르겠다. 하지만 이 떨쳐 낼 수 없는 불안은 내가 글을 쓰면 줄어들지 모른다. 어쩌면 모든 것이 달라지지 않을까. 어쨌든, 글쓰기가 한두 시간이라도 불안감을 떨치게 해주지 않을까. 모르겠다. 이 불안감을 견딜 수 없는 까닭에, 나는 이 소설을 쓰고 있다. 나는 여기 앉아 있다. 나는 혼자다. 나는 여기 존재한다. 그것이 이 불안감이다. 나는 내 집, 다락방에 앉아, 글을 쓰고 있다. 지금 기분은 그리 나쁘지 않다. 막 쓰기 시작했을 따름이지만, 소설을 쓰기 시작한 것은 좋은 생각이었다고, 나는 생각한다. 이 불안감은 견딜 수가 없고, 그것이 내가 글을 쓰는 이유다. 나는 내 몫의 방 두 칸이 딸린 이곳 다락방에 앉아 있고, 어머니가 아래층을 서성거리는 소리가 들린다. 층을 뚫고 텔레비전 소리가 들린다. 내 삶은 정말 꽤 쾌적하다. 내게는 기타가 있다. 오디오 하나와 음반들이 있다. 책들이 있다. 책은 그리 많지는 않고, 비록 내가 읽은 책 대부분이 도서관에서 빌려 온 것이긴 하지만, 나는 여전히 책을 잔뜩 읽는다. 나는 잔뜩 읽는다. 어머니가 아래층을 서성거리는 소리가 들린다. 나는 서른을 넘겼는데도, 어머니와 같이 산다. 어머니는 그리 나이가 드시진 않았다. 우리는 내내 같이 살아왔고, 정말로 꽤 잘 지내고 있다. 지난여름에 나는 크누텐과 다시 마주쳤다. 어린 시절에, 크누텐과 나는 늘 함께였다. 난 내 삶에 이룬 것이 별로 없다. 나의 어머니. 그녀가 저기 아래층에서 서성이고 있다. 어머니는 매달 연금을 받고, 장을 보고 음식을 하며, 전기료, 전화요금 같은 고정비용을 지불한다. 그녀는 집을 깔끔하게 정돈하고, 내 옷을 세탁하며, 대부분의 시간을 투덜거리며 보낸다. 그리고 나는 내 삶에 이룬 것이 별로 없다. 어쩌면 그것이 어머니를 걱정스럽게 만드는지도, 어쩌면 아닐지도 모른다. 아마도 그녀를 걱정하게 만들지는 않는 것 같다. 일례로 그녀는 나에게 이제 너도 직장을 알아봐야지, 기타를 퉁기며 다락방에 앉아 있을 순 없잖니, 라고 말하지만, 그런 말을 할 때에 그녀가 엷은 미소를 지으니, 난 그녀의 말을 믿어야 하는지 말아야 하는지 알 수가 없다. 한편, 가끔, 아니 적어도 예전에는 나도 몇 가지 일을 하곤 했다. 불안감이 엄습해 와 내가 더 이상 밖에 나가지 않기로 마음먹기 전까지는 그러했다. 전에는 내가 밖으로 나가 어머니를 위해 장을 보고, 장작을 패고, 겨우내 장작을 해오고, 가을엔 어머니를 도와 과일을 따고, 우리가 먹었던 물고기들을 낚았다. 가끔은 돈을 얼마간 벌어 오기도 했는데, 임시로 허드렛일 같은 것을 했고, 대부분은 무도회에서 연주하여 돈을 벌었다. 나는 기타를 연주하고, 지역 중학교 교사 하나가 아코디언을 연주한다. 그의 이름은 토르셸이

다. 그것이 우리가 토르셸의 이중주로 불리는 이유다. 바로 이 불안감. 나는 이것을 도저히 잊을 수가 없다. 이제 나는 더 이상 밖에 나가지 않는다. 그 말인즉슨, 내가 소소하게나마 벌어들이던 수입 또한 유지할 수 없다는 뜻이다. 내가 참여하던 이중주의 전망도 어둡다. 최근에 나는 몇 번의 연주에 참여하는 것을 거절했다. 예행연습에도 가고 싶지 않다. 토르셸의 이중주. 그런 식이다. 몇몇 축제를 제외하면 우린 주로 결혼식장에서 연주했다. 토르셸의 이중주. 그렇게 포스터에 적히는데, 거의 늘 굵고 빨간 글씨로 쓰였다. 그것이 이 불안감이고, 나는 밖으로 나가는 것을 그만두었다. 내가 마지막으로 밖에 나간 지도 오랜 시간이 흘렀다. 지난여름 나는 10년 동안 보지 못했던 크누텐과 다시 마주쳤는데, 이제 그는 결혼해서 두 아이가 있었다. 크누텐과 나는 늘 함께였다. 우리는 함께 놀았고, 함께 밴드를 시작했다. 크누텐은 음악교사가 되었다. 내가 크누텐과 다시 마주쳤을 때 이 불안감이 엄습해 왔다. 크누텐과 나는 함께 록밴드를 시작하기로 결정했었다. 내 친구 크누텐. 그는 지난여름에 고향에 들렀다. 그와 그의 부인과 그들의 두 딸이. 그에게는 딸이 둘 있다. 난 그를 적어도 10년은 보지 못했다. 나는 크누텐이 학교를 같이 다녔던 어떤 이와 함께 춤추는 것을 목격했는데, 그들은 같은 반이었다. 크누텐은 음악교사가 되었다. 지난여름 그는 고향에 왔다. 지난여름 나는 크누텐을 만났다. 그때 이 불안감이 엄습해 왔다. 나는 길을 걷고 있었다. 도서관에 가는 길이었고, 화창한 여름날 오후였다. 그리고 나는 그가 길을 돌아 다가오는 것을 본다. 나는 크누텐이 다가오는 것을 본다. 나는 크누텐을 본다. 나는 크누텐이 길을 돌아 시야에 들어오는 것을 본다. 그를 적어도 10년은 보지 못했는데, 지금 크누텐이 나에게 다가오고 있다. 먼저 크누텐이 다가온다. 그를 오랫동안 보지 못했는데, 정말 오래된 것 같다. 그러고 나서 한 여자가, 짧고 숱 많은 검은 머리에 갈색 눈을 한 여자가 다가온다. 그녀는 청재킷을 입고 있다. 그 뒤로 그녀의 두 아이가 길을 가로질러 교차로 위를 걷고 있다. 나는 크누텐이 다가오는 것을 바라본다. 그리고 이게 내가 두려워해 왔던 거지, 하고 크누텐은 생각한다. 그렇지만 일어날 일이었다는 걸, 옛 친구를 마주치는 건 당연히 일어날 일이었다는 걸 난 알고 있었어, 그리고 난 예전과 다름없는 것처럼 보여, 하고 크누텐은 생각한다. 그러고 나서 무슨 말을 꺼낼까를 생각하는데, 우리가 많은 걸 함께했던 건 아주 오래전 일이야, 무슨 말을 꺼낼까, 우린 더 이상 공통점이 없을 텐데, 그렇지만 뭐든 말을 꺼내야 해, 이야기를 나누는 거, 그게 바로 내가 두려워해 왔던 일이야, 하고 크누텐은 생각한다. 그렇지만 우리 둘은 많은 걸 함께했어, 우리가 연주를 하곤 했던 그 모든 무도회들, 그 소녀들, 그리고 한번은, 그 여자애,

아무런 의미도 없었는데, 그 후로 난 무척 소심해졌지. 진지한 것은 아니었고, 그저 오해였어. 그건 어느 무도회에서, 우리가 연주를 마친 뒤였지. 여느 때처럼 여자애들 두 명이 남아 있었어. 너무나 바보처럼. 그 후로 난 완전히 변해 버렸고, 소심해졌어. 더 이상 연주를 하고 싶지 않았어. 하고 크누텐은 생각한다. 난 이제 결혼을 했는데, 여자들 주위에선 결코 편안함을 느껴 본 적이 없는 것 같아. 하고 크누텐은 생각한다. 그렇지만 난 지금 결혼한 몸이지. 하고 그는 생각한다. 아무튼 함께했던 건 아주 오래전 일이야. 무슨 말을 꺼낼까. 뭐든 말을 꺼내야 하는데. 이 순간을 두려워해 왔지. 일어날 일이었다는 걸 알고 있었어. 교사라서 휴가는 길고, 어디서든 휴가를 보내야 하는데. 집에서 머물 수만도 없다는 걸. 크누텐은 이 상황을 어떻게든 벗어나야겠다고 생각한다. 그는 내가 가까워져 가는 것을 보고 있다. 나는 크누텐이 길모퉁이에서 모습을 드러내는 것을 보았다. 그리고 그는 점점 가까워진다. 나는 그를 본 지가 아주 오래되었다고, 몇 년이나 되었다는 생각을 하고, 손을 들어 올려 크누텐에게 흔든다. 그러자 그가 손을 들어 올려 마주 흔든다. 우리 둘 다 서로를 곁눈질하며 다가서다가, 멈춰 서서, 나는 크누텐을 바라보고, 그는 나를 바라본다. 그때 그가 몸을 돌리더니, 뒤에서 다가오는 여자를 바라보며 그녀를 기다린다. 그녀가 우리 곁에 다가

서고, 아이들이 우리 쪽으로 달려오더니, 내 곁에 자리하고는 날 올려다본다. 나는 내가 생각한 것처럼은 일이 어렵진 않을 거라고 느낀다. 잘 풀릴 거야. 아이들이 잘 풀리게 만들어 줄 테지. 그리고 나는 여자애들을 바라보며, 너희들은 누구니, 라고 묻고는 크누텐을 바라본다.

우리가 누구지, 여자애들 중 하나가 말하고는, 둘 다 깔깔거리기 시작한다.

뭐, 보다시피 불어난 가족이지, 크누텐이 말하며, 미소 짓는 눈으로 날 바라본다.

그래, 자넨 재주가 좋았지, 내가 말한다. 그러자 크누텐이 고개를 돌리더니 아내를 소개해 주고 싶다고 말한다. 두 사람 처음이지, 라고 그가 말한다. 그러자 그녀가 그의 앞으로 미끄러져 다가오더니, 악수를 청하고는 내게 이름을 말해 준다. 그러나 그녀의 목소리가 너무 작아 알아들을 수 없다. 내가 크누텐과 함께 어린 시절에 많은 시간을 보냈으며, 밴드에서 같이 활동했다는 것을 내가 이야기하자, 그녀는 크누텐이 내 이야기를 한 적이 있으며, 내 이름이 보드가 아니냐고 말한다. 크누텐이 끼어들며 우린 무진장 재미난 것들을 함께 했어, 그렇지, 라고 말한다.

그런 시절이 있었지, 내가 말한다.

맞아, 크누텐이 말한다.

그 보트하우스가 저쪽에 있어, 내가 말한다.

그래, 저기서 우린 많은 시간을 보냈지, 크누텐이 말한다.

거의 매일이었지, 내가 말한다.

보트하우스가 여전히 남아 있더군, 크누텐이 말한다.

나는 고개를 끄덕인다.

언제나처럼 페인트칠도 되지 않고 낡은 채던데, 크누텐이 말한다.

아마 무너질 때까지 그 모양일 거야, 내가 말한다.

그나저나 레이테에 살던 스베이넨이 죽었다며, 크누텐이 말한다.

몇 년 되었지, 내가 말한다.

스베이넨도 참 별난 사람이었어, 크누텐이 말한다.

음반 하나 내지 않았다니 유감이군요, 크누텐의 아내가 말한다.

크누텐이 웃음을 터뜨리고, 나도 조금 웃음을 짓는다.

아뇨, 그러기엔 많이 부족했어요, 내가 말한다.

다들 무도회에서 연주했었나요? 그의 아내가 묻는다.

그래요, 내가 말한다.

그리 많진 않았어, 그래도 몇 군데 연주할 곳은 있었지, 크누텐이 말한다.

우리 안 갈 건가요, 여자아이 하나가 말한다.

가야지. 다시 만나 반가웠네. 크누텐이 말한다.

만나서 반가웠어요. 그의 아내가 말한다.

이제 우리 가야 해요. 여자아이 하나가 말한다.

그래, 가자꾸나. 크누텐이 말한다.

지금 바로요. 그 여자아이가 말한다.

알았다, 알았어. 크누텐이 말한다. 그러고 나서 그는 아마도 우린 여름휴가 내내 여기 머물 거야. 내가 교사가 된 건 알지, 라고 말한다. 그리고 그가 잠시 웃음을 터뜨리고는, 이에 관해 충분히 얘기할 기회가 있을 거라 말하고, 나는 고개를 끄덕인다.

낚시하러 갈 수도 있겠군, 내가 말한다.

낚시를 하나, 그가 말한다.

저녁에 잠깐, 피오르*에 나가서.

오늘 밤에도 나갈 건가? 그가 묻는다.

그럴 셈인데, 내가 말한다.

이제 가야 해요, 아빠. 여자아이 하나가 말한다.

그리고 이번 주말에 마을에서 무도회가 있어. 나와 토르셀이 연주할 거야.

중학교 교사 하던 그 사람 말인가?

* fjord. 협만. 빙하의 침식으로 인해 만들어진 U자형의 좁고 깊은 만.

나는 고개를 끄덕인다.

여전히 연주를 하는군 그래, 크누텐이 말한다.

자주는 아니야.

가요, 그 여자아이가 말한다.

그래, 우리 가야겠어, 그의 아내가 말한다. 그리고 그녀가 내게 고개를 끄덕이자, 나는 마주 고개를 끄덕인다. 그러고 나서 크누텐과 나는 작별 인사를 하고, 다시 보자고 말한다. 그런 다음 나는 길을 따라 걸어 도서관으로 향하고, 크누텐과 그의 가족은 다른 방향으로 걸어간다. 그리고 크누텐은 물론, 늘 그런 식이지, 아내는 그 친구를 그런 식으로 바라봐야 했겠지, 그 친구를 다시 보는 눈빛이 이상했단 말이야. 하고 생각한다. 그리고 정말로, 난 그대로였어, 거의 변한 게 없이 거의 그대로였지, 그 여자애, 그 시절, 밴드를 하며 얻은 일거리들, 그건 아주 오래전 일인데, 그리 달라진 것 같지 않아, 하고 크누텐은 생각한다. 지금 난 결혼했지, 그리고 그저 오래된 똑같은 관습에 따라 살고, 집에서 지내고, 연주를 조금 하지, 늘 해왔던 대로 말이야, 하고 크누텐은 생각한다. 그리고 그는 자신이 결혼했고, 두 딸이 있고, 2년 전에 결혼식을 올렸음을 떠올린다. 그 친구를 다시 만나야만 한다는 걸 알고 있었어, 그걸 두려워해 왔지, 하고 크누텐은 생각한다. 하지만 우린 긴 여름휴가에 어딘가 가야 했으니, 쓸 돈은 얼마 없는데, 아내가 아이들을 데리고 집에 있는 것은, 비용이 많이 드니까, 부득이하게 옛 친구들을 다시 마주쳐야만 했지. 그걸 두려워해 왔어, 아내는. 왜 그 친구를 그렇게, 그런 식으로 쳐다보아야 했을까, 하고 크누텐은 생각한다. 그리고 나는 몸을 돌려 크누텐의 뒷모습을 바라본다. 그가 길을 따라 걸어가는 것을 바라보는데, 아마도 소비자 조합*에 가는 것 같다. 그리고 나는 그가 날 만나서 반가워하고 있으리라 짐작한다. 그리고 나와 이야기를 나누는 것이 그리 어렵지 않았고, 반가웠으리라고, 나는 짐작한다. 그리고 나는 도서관 쪽으로 걸어가다가, 마음을 바꾼다. 어떤 책도 빌리고 싶지 않군. 오늘은 적당한 날이 아니야, 하고 나는 생각한다. 그래서 나는 몸을 돌려, 다시 집으로 걸어가기 시작한다. 그리고 나는 계속해서 크누텐과 마주친 일을 떠올린다. 우린 서로 얼굴을 본 지 적어도 10년은 넘었지. 그와 다시 마주치자 이상한 느낌이 들었어, 하고 나는 생각한다. 우리가 어렸을 적에 여러 해 동안 매일 가까이서 놀던, 바로 그 보트하우스 앞에서 마주쳐야 한다는 것도 이상한 일이지, 하고 나는 생각한다. 그리고 나는 집으로 돌아가며, 크누텐과 그의 부인을 다시 마주치게 될지 모른다고 생각해 본다. 난 그러고 싶지 않아. 그들을 마주쳐선 안

* samyrkelaget. 소비생활 협동조합. 소비자가 자본을 모아 생활 물자의 구매와 같은 사업을 운영·이용하는 조직. 일종의 마트.

돼, 적어도 지금은, 하고 나는 생각한다. 나는 집으로 돌아간다. 나는 크누텐에게 나와 함께 피오르에 나가 낚시를 할 것인지 물었지만, 그는 대답하지 않았다. 그건 나와 함께 가지 않겠다는 뜻일까. 실은 난 함께 낚시를 가고 싶진 않았다. 그저 물어봐야 할 것 같다고 느꼈을 뿐. 그게 옳다고 생각했다. 또 보자는 인사를 하면서. 나는 일정을 잡자는 말을 할 수가 없었다. 뭔가 일정을 잡아도 실은 우리 둘 다 또 마주치는 일이 일어나지 않기를 원하고 있다고 확신한다. 우리가 함께한 지도 여러 해가 흘렀고, 우리가 서로를 보지 못한 지도 아주 오랜 시간이 흘렀으니까. 지난여름, 그날, 먼저 길모퉁이에서 모습을 드러내는 크누텐을, 다음으로 그의 아내를, 다음으로 두 여자아이를 마주치기 전까지 말이다. 난 그를 여러 해 동안, 적어도 10년은 보지 못했다. 난 마음이 편치 않았고, 무슨 말을 꺼내야 할지 몰라, 함께 낚시하러 가지 않겠느냐고 물었던 것인데, 크누텐은 대답을 하지 않았다. 여자아이들 중 하나가 계속해서 가야 한다고, 가야 된다고 소란을 피웠기 때문이다. 나는 저녁에 피오르에 낚시하러 갈 것이라고 말했다. 그가 원했다면 나올 것이었다. 그는 대답하지 않았고, 그것은 우리 둘 다 원한 바였다. 그런데 그날 저녁이었다. 내가 피오르에 나가 있는 동안, 불안감이 엄습해 왔다. 화창한 여름날 저녁이었다. 따스했고, 밝았으며, 선선한 바람이 불어왔다. 나는 피오르에 배를 타고 나가 뭍을 따라가며 끌낚시*를 하려고 마음먹었다. 나는 배에 올라 휴가 기간 동안 크누텐이 이곳에서 머무는 집이 충분히 보일 만큼 멀리 나가기로 결심한다. 크누텐의 아버지는 세상을 떠났고, 어머니만 남아 계신다. 그녀는 그 집에 혼자서 산다. 그러나 지금은 크누텐이 자기 가족과 그곳에 와 있다. 나는 끌낚시를 하며 크누텐과 내가 어릴 적에 함께 놀곤 했던, 페인트칠이 되지 않은 낡은 보트하우스를 지나친다. 그러자 크누텐이 살던 언덕 위의 하얀 집이 눈에 들어온다. 집에서부터 해변까지는 길이 하나 나 있다. 크누텐이 날 보고 있을까, 그가 내려올까, 나와 함께 낚시를 가려 할까. 그렇지만 내가 무슨 말을 해야 하지? 그가 와선 안 돼, 모든 게 다 아주 오래전 일이고, 우린 서로에게 할 이야기가 없어. 나는 재빨리 먼 곳을 쳐다보고, 속도를 올려 크누텐이 지내는 집을 지나친다. 그러고는 급히 배를 돌려, 해안으로부터 떨어진 피오르 안쪽으로 방향을 잡고, 작은 선외 모터를 최대한 빠른 속도로 돌려, 해안으로부터 떨어진 피오르로 나간다. 그리고 피오르 한가운데에 다다랐을 때, 나는 속도를 줄이고 낚싯줄을 감아올린다. 물론 그 자리에선 물고기가 잡힐 리 없었다. 난 그런 것은 기대하지도 않았고, 다만 크누텐을 볼 수

* 배로 낚싯줄을 수평으로 끌면서 수면 가까이의 고기를 낚는 일.

있는지 확인하고 싶었을 뿐이었지만, 실은 그것 또한 바랐던 것은 아니었다. 나는 낚싯줄을 감아올리고, 엔진에 가솔린을 다시 채워 넣고, 평소에 내가 고기를 낚던 작은 섬으로 향할까 생각하는데, 그곳은 이 근방에서 가장 좋은 낚시터 가운데 하나이고, 게다가 은폐되어 있어서 평화롭게 낚시를 할 수 있는 멋진 곳이며, 그 작은 섬 외곽에서 낚시한다면 내륙에선 누구도 목격할 수 없어서, 그것이 내가 그 작은 섬에서 낚시하는 것을 좋아하는 이유인 듯싶다. 난 사람들이 날 보는 것을 좋아하지 않는다. 결코 그랬던 적이 없다. 피오르를 따라 좁은 땅덩어리가 있고 거기엔 집들이 있다. 집들은 피오르를 마주 보고 있다. 집들 안에는 사람들이 있는데, 그들은 어쩌면 날 쳐다보고 있을지 모른다. 나는 배 뒤편에 앉아, 선외모터를 최고 속도로 하여, 그 작은 섬으로 항로를 잡는다. 나는 그곳에 도착해, 모터를 세우고, 우선은 작은 섬 안쪽에서 지깅*을 시작한다. 지깅을 하는데, 입질이 없다. 아마 오늘 저녁엔 물고기를 낚지 못하지 싶다. 그렇지만 멋진 저녁이다. 나는 불안한 기미를 느끼기 시작한다. 무엇인지는 모르겠다. 무언가가 날 덮쳐 오는데, 이게 무엇인지 모르겠지만, 불안한 기미가 느껴진다. 멋진 저녁이다. 부드럽고, 따스하다. 불안감이

---

* jigging. 낚싯줄이나 미끼를 문 바늘을 낚아채고 가라앉히기를 반복적으로 하는 것.

느껴진다. 불안이 날 엄습해 오고 있다. 전에는 결코 느껴 본 적이 없는데, 지금 내 눈에 멀리 피오르 바깥쪽에서 배 두 척이 가만히 떠 있는 것이 보인다. 도착하기 전에는 보지 못한 것이다. 저기 멀리 두 대의 배가 있고, 둘은 서로 몇 미터 떨어져 있다. 그 보트들은 가만히 떠 있다. 나는 지깅을 한다. 배들 중 하나가 내 쪽으로 향한다. 불안감이 커지기 시작한다. 배들 중 하나가 내게로 다가오고 있다. 나는 계속해서 지깅을 하고, 다른 쪽을 쳐다본다. 불안감이 강력해지고 있다. 나는 돌아보고 싶지 않다. 선외 모터 소리가 가까이 다가오는 것이 들린다. 나는 돌아보아야 한다. 내가 몸을 돌리자, 그녀가 내게 손을 흔드는 것이 보인다. 크누텐의 아내가 내게 손을 흔드는 것이 보인다. 크누텐의 아내가 플라스틱 배의 선미에 앉아 있는 것이 보인다. 그녀는 노란 우비를 걸치고 있고, 두건 너머로 그녀의 얼굴이, 검은 머리가, 그녀의 눈이 보인다. 그녀는 나에게 손을 흔들고 있고, 점점 가까워지고 있다. 그녀는 선외 모터의 속도를 낮추더니, 내 배를 선회하며 다가온다. 그리고 그녀는 물고기 좀 낚으셨냐고 물어본다. 내가 뭐라 대답해야 할지 모르고 있는데, 문득 하늘이 점점 어두워지는 듯 보이더니, 갑자기 불안한 마음이 다시 사라지고, 나는 숨을 고른다. 달아나는 게 최선이야. 그런데 왜 그녀가 지금 여기서 혼자 플라스틱 배를 타고 있는 거지. 나는 숨을 고른다.

그러나 불안감은 사라졌다. 처음에 나는 불안해지다가, 그다음엔 침착해진다. 그녀의 배가 가까워지자, 날이 갑자기 어두워졌다. 그녀가 입고 있는 하얀 방수 바지에 달라붙은 팽팽한 허벅지가 내 눈에 들어온다. 나는 고개를 돌리고, 그녀에게서 몸을 돌린다. 그리고 그 순간 나는 낚싯줄을 지깅하는 것을 잊어버렸다. 나는 낚싯줄을 아주 가만히 내버려 둔 채, 지깅하는 것을 까맣게 잊어버렸다. 그런데 그 순간 입질이 오는 것을 느끼고 나는 확 낚아 올린다. 고기가 물었다. 그리고 그녀에게 고기가 물고 있다고 말한다. 그녀 쪽으로 몸을 돌리고, 당신이 낚시 운을 가져다주었군요, 라고 말한다. 무언가 말을 꺼내야 한다. 그녀가 이곳에 있다는 사실에 대해 뭔가 평범한 것을 이야기해야 한다. 처음에 나는 이유도 모른 채 불안해지더니, 그다음엔 갑작스레 크누텐의 아내가 배에 탄 채 내 곁에 있다. 뭔가 평범한 것을 이야기해야 한다. 입질이 왔어요. 오늘 첫 번째 입질이에요. 나는 내가 웃고 있을 거라고 생각하며 그녀 쪽으로 몸을 돌렸다. 고기가 물고 있군요, 라고 그녀가 말한다. 그러자 나는 다시 난간 쪽으로 몸을 돌려, 낚싯줄을 잡아당기기 시작한다. 천천히, 꾸준히, 나는 낚싯줄을 잡아당기고, 그녀 쪽으로 몸을 돌린다. 그런데 그녀가 내게 가까이 다가와 있다. 뭔가 말을 꺼내야 한다. 나는 그녀에게 뭔가 낚은 것이 있는지 묻는다. 고기를 낚았느냐구요. 아뇨,

입질조차 없던데요. 라고 그녀가 말한다. 그러자 나는 저녁이라 물고기들이 자러 갔나 보군요. 라고 말한다. 무언가 말을 꺼내야 한다. 나는 끌어올린다. 나는 웃음을 짓는다. 나는 물고기에 시선을 둔다. 월척인 대구다. 나는 조심스럽게 그 물고기를 난간 위로 끌어올리며, 물고기 아래로 낚싯줄을 잘 감는다. 그 물고기를 난간 바로 위까지 끌어올려 공중에 들어 올리자, 끝내주는 대구네요. 라고 그녀가 말한다. 그때였다. 그 대구가 물속으로 되튀어 돌아간다. 저기 꼬리가 있다. 저기 반 미터 떨어진 수면 아래서 그 물고기가 헤엄을 친다. 바로 밑에, 저기 헤엄치는 꼬리가 있다. 저기 그 물고기가 아래로 사라져, 보이지 않게 된다. 나는 웃음을 짓는다. 나는 가만히 서서 그 물고기를 지켜본다. 가 버렸군. 이상하게도 나는 안심했고, 웃음을 지으며 그녀 쪽으로 몸을 돌린다. 그녀가 내게 웃음을 지어 보인다. 그녀는 선외 모터를 멈췄고, 그녀의 배는 내 배 쪽으로 흘러온다. 어째서 내 배도 흘러가지 않는 것인지 모르겠다. 내 배는 아주 가만히 떠 있다. 내가 시선을 들어 뭍 쪽을 바라보는데, 저곳에, 해변에서 몇백 미터쯤 떨어진 길가에, 그 길가에, 크누텐이 보인다. 나는 재빨리 시선을 다시 내린다. 그가 그곳에 아주 가만히 서 있다. 그는 거의 굳어 버린 것처럼 서서 우리를 지켜보고 있다. 그가 길가에 서서 우리를 지켜보고 있다. 그녀의 배는 점점 더 내 배에 가까워져 가고, 이제 그녀가 정말로 내 가까이 와 있음을 느낄 수 있다. 나는 그녀에게 무언가 이야기를 꺼내야 한다. 가만히 침묵을 지키고 있을 순 없다. 그녀에게 크누텐이 저기 해변의 길가에 서 있다고 말해야 한다. 그가 우리에게 합류하고 싶어 하는지도 모른다. 그 역시 낚시를 하고 싶은지도 모른다. 그녀의 배가 흘러와 내 배에 딱 붙었다. 크누텐이 우리 쪽을 내려다보고 있다.

물고기를 놓쳤군요. 그녀가 말하며 내게 웃음을 지어 보인다.

월척인 대구였어요. 내가 말한다

여기 물고기가 있긴 하군요. 그녀가 말하며 웃음을 짓는다.

그놈이 유일한 녀석이 아니라면요.

저도 잠시 여기서 운을 시험해 봐야겠어요. 그녀가 말하며 앞을 굽어본다. 내가 그녀에게 크누텐이 저기 길가에 서 있다고 말해야 할 것 같다고 생각하고 있는데, 그녀가 낚싯대 하나를 집어 들더니, 일어서서 어설픈 동작으로 낚싯대를 들어 올린다. 낚시가 서투른 모양이군, 하고 나는 생각한다. 그녀는 어설픈 동작으로 낚싯대를 들어 올려 등 뒤로 넘기더니 줄을 던지는데, 미끼가 그녀의 배에서 몇 미터 떨어진 곳에서 물을 튀기며 잠긴다. 그녀가 다시 자리에 앉고는 나를 바라본다. 그녀는 앉아 있다.

정말 던지는 재주가 없죠. 그녀가 말하며 조금 웃음을 터뜨린다.

잘하려면 연습이 필요하겠군요. 내가 말한다

그렇죠. 그녀가 말한다

조용해진다.

낚시를 자주 하세요? 그녀가 묻는다.

여름엔 가끔. 내가 말한다.

좋아하는가 보죠?

그래요.

다시 조용해지고, 나는 몸을 돌린다. 그녀로부터 몸을 돌리며 나는 뭍 쪽을 바라보지 않게끔 주의한다. 크누텐이 미동도 없이 길가에 서 있는 까닭이다. 그는 우리 쪽을 바라보고 있다. 나는 돌아서서 수면을 내려다본다. 내 불안감은 사라졌다. 이해가 되지 않는다. 그녀의 배는 내 배 가까이 붙어 있다. 우리는 낚시를 한다.

그럼 물고기를 많이 잡나요? 그녀가 묻는다.

네, 가끔. 입질이 올 땐 많이 잡는 편이죠. 나는 말한다.

그걸로 뭘 하죠?

어머니가 가져가 손질하시죠.

어머니랑 같이 사세요?

그래요.

내내 여기서 사셨어요?

그래요.

여행도 안 갔어요?

여행하는 걸 좋아하지 않습니다.

여행을 좋아하지 않는다라—

그래요. 아마도—

어째서요?

글쎄요, 나는 말한다.

그리 위험할 일은 없는데, 그녀가 말한다, 나는 고개를 들어 시선을 뭍으로 향하는데, 크누텐이 그곳에 서 있다, 아주 조용해지고, 우리는 더 이상 이야기를 나누지 않는다, 그런데 갑작스레 그녀가 고개를 앞으로 구부리더니 나에게 고개를 돌린다. 그녀의 낚싯대가 흔들리고 있다. 고기가 물었어요, 라고 그녀가 소리친다. 그녀가 막 물고기를 잡았다. 물고기를 잡았어요, 낚싯대 좀 보세요, 얼마나 흔들리는지 봐요, 완전히 굽었다구요, 라고 그녀가 말한다. 그녀는 낚싯대를 잡고 허우적거리다가, 다리 사이에 끼워 넣었다가 자리 밑에 집어넣었다가 하더니 줄을 감아올리기 시작한다. 낚싯대는 계속 굽어 있고, 그녀는 입술을 앙다문다. 그녀가 계속해서 줄을 감아 물고기를 끌어올리자, 낚싯대는 점점 더 구부러진다.

구부러질 대로 구부러지자 그녀가 몸을 일으킨다. 그녀는 키가 그리 크지 않고 자그마하다. 그녀가 일어서서 앞으로 몸을 구부리더니, 저기 물고기가 있어요. 라고 소리친다. 지금 물고기가 보여요. 끝내주는 대구예요. 라고 그녀가 말한다. 그녀가 낚싯줄을 감아올리자, 그 물고기가 공중에 떠오른다. 물고기는 난간 위에서 배 안으로 옮겨진다. 그녀는 뒤로 조금 물러서더니 그 자리에 서서 물고기를 들여다보고는, 자리에 앉는다. 물고기가 그녀의 보트 안에서 펄떡이며 꼬리를 치는 소리가 리듬감 있게 들린다. 나는 내 배에 서서, 그녀가 잡은 것을 바라본다.

　　나쁘지 않은 녀석인데요. 내가 말한다.

　　제가 잡아 본 것 중 제일 커요. 그녀가 말한다.

　　그래요. 멋진 녀석이군요. 내가 말한다.

　　괜찮은 물고기죠. 그녀가 말한다.

　　나쁘지 않아요.

　　대구를 다 잡아 보네요.

　　그러게요.

　　이걸 제가 어째야 하죠? 그녀가 묻는다.

　　피를 빼야죠. 내가 말한다.

　　그게 무슨―

　　물고기 몸속의 피를 빼야 해요. 살이 상할 수―

물고기가 아직 살아 있는데요.

그래요.

그럼 피를 좀 빼 주실 수 있어요? 그녀가 묻는다.

그러죠. 내가 말하고서, 배 안에 대구를 담을 양동이가
있냐고 묻는다. 그러자 그녀가 일어서서 양동이를 들더니 물
고기에 손을 대지 않고 양동이에 집어넣으려고 한다. 결국 그
녀는 한 손가락으로 물고기를 쿡 찌르는데, 물고기가 꼬리를
치며 이리저리 퍼덕이더니 양동이 안으로 미끄러져 들어간
다. 그녀는 양동이를 들어 올려 양동이를 든 손을 배 난간 위
로 뻗는다. 그녀의 배는 지금 내 배의 바로 곁에 떠 있다. 내가
자리에서 일어나 양동이의 손잡이를 잡는데, 그녀의 손과 충
분히 떨어진 곳을 잡는다. 그런데 그때 그녀의 손이 내 손 쪽
으로 미끄러지더니, 순식간에 내 손의 살갗을 스친다. 그런
뒤 그녀는 손을 당기고 나는 양동이를 내 배로 가져온다. 크
누텐이 길에서 우릴 지켜보고 있다고 말했어야 했는데, 그녀
는 알아채지 못한 모양이야. 뭍 쪽을 바라봐선 안 돼, 하고 나
는 생각한다. 그러고 나서 나는 한 손으로 대구의 아가미를
잡고, 다른 손의 엄지손가락을 아가미에 밀어 넣어 찢는다. 물
고기가 퍼덕거리고 피가 뿜어져 나온다. 그런 다음 물고기의
입을 단단히 잡고 뱃전 밖으로 내밀어 물에 헹군 다음 배에
던져 두고, 양동이를 난간 위로 들어 올려 헹구고서 물을 약

간 길어 배에 묻은 피를 씻어낸다. 나는 양동이에 다시 물고기를 넣어 그녀에게 돌려주는데, 이번에도 역시 그녀의 손이 내 손의 살갗을 스친다. 나는 혼자서 웃음을 짓는다. 그렇지만 나는 시간 감각을 잃어, 그녀가 내 손을 더듬은 순간이 길었는지 짧았는지 모르겠다. 그녀는 양동이를 받고, 나는 다시 자리에 앉는다. 그녀는 내 살갗을 만진 것일까.

　　이건 역겨워 보여요. 그녀가 말한다

　　저는 익숙합니다. 내가 말한다

그녀가 다시 줄을 던진다. 나는 왜 크누텐이 그녀와 함께 있지 않은 것인지 묻고 싶은 마음이 든다. 그가 우릴 지켜보고 있다는 것도 말해주고 싶다. 그렇지만 그러면 안 될 것 같아, 하고 나는 생각한다, 묻기에 무례한 일일지 몰라, 그녀도 그를 봤을 거야, 하고 나는 생각한다.

　　이 작은 섬이 당신이 평소에 낚시하는 곳인가요? 그녀가 묻는다.

　　그래요, 내가 대답한다. 그리고 시선을 들어 뭍 쪽을 바라본다. 저기, 해안가에 있는 바위 위, 내 바로 앞쪽에, 해안가에 있는 바위 위에 있는 크누텐을 나는 바라본다. 그는 조약돌을 물속에 던지고 있다. 거기 앉아 있는 이는 크누텐이 틀림없고, 그는 아래쪽을, 피오르를, 바다를 바라보고 있다. 그가 앉아서 우리를 지켜보고 있다. 크누텐이 바닷가에 앉아 그의 아내를 지켜본다. 그의 아내는 혼자 배에 올라 있고, 그 배는 내 배 가까이 떠 있다. 나는 아래쪽을 내려다본다. 나는 조심스럽게 크누텐의 아내 쪽을 쳐다보는데, 그녀는 낚시에 정신이 팔려 해안가 바위 위에 앉아 있는 크누텐을 보지 못한다. 그녀는 낚시에 정신이 팔려 있다. 바다를 들여다보고 있다. 크누텐이 뭍에 앉아 있어, 크누텐이 틀림없어, 하고 나는 생각한다. 크누텐의 아내가 몸을 돌리더니 나를 바라본다.

그 물고긴 가 버린 모양인데요, 그녀가 말한다

나는 대답하지 않고, 시선도 들지 않는다.

아마 애초에 한 마리밖에 없었을 거예요. 처음엔 당신이 잡았고, 당신이 놓치자 내 미끼를 문 거죠.

크누텐의 아내가 나에게 웃음을 지어 보인다. 나는 주의 깊게, 조심스럽게 뭍을, 해안가를, 길을 바라본다. 그러나 그녀의 시선은 내 시선의 방향을 따르지 않고, 크누텐은 여전히 그곳에 앉아 있다.

저는 이만 돌아가야 할지도 모르겠군요, 라고 말하며 나는 손을 더듬거린다.

방금 오셨잖아요.

그렇지만 낚을 고기가 없으니.

낚시를 좀 해왔어요, 저도, 그녀가 말한다.

나는 대답하지 않는다.

여긴 물고기가 있다구요, 그녀가 말한다.

나는 배를 내려다본다.

좀더 낚시를 할 수 있을 거예요, 같이 하면 좋을 텐데, 그녀가 말한다.

나는 대답하지 않는다.

저 섬에 올라가 보고 싶은데요, 그녀가 말한다.

안 돼요, 내가 말한다.

안 되긴요, 그러고 싶으면서, 그녀가 말한다, 그녀는 몸을 일으키더니 배에 서서 낚싯줄을 감아올리고, 다시 자리에 앉고는 선외 모터에 시동을 건다, 그녀는 이미 작은 섬을 향하고 있다, 그녀의 노란 우비가, 선외 모터가 눈에 들어온다, 나는 재빨리 돌아선다, 나는 돌아선다, 그러자 해안가 바위 위에 앉은 크누텐이 눈에 들어온다, 그가 날 지켜보고 있다, 나는 몸을 돌리고 선외 모터에 시동을 건다, 얼른 속도를 내야지, 크누텐이 해안가에 앉아 기다리고 있다고 그녀에게 말해 주어야 해, 속도를 올려야겠어, 나는 선외 모터에 시동을 걸고 크누텐의 아내 뒤를 따른다, 그녀는 섬 쪽을 향하다가, 선외 모터를 꺼 속도를 늦추고는 선수로 가 서서 뭍에 닿기를 기다리고 있다, 나는 그녀를 따라가 그녀의 배 곁을 선회하고서 내 배의 모터를 끄고 프로펠러를 물 밖으로 꺼낸 뒤 가솔린 공급을 끊고, 선수로 가 계류용 밧줄을 든 채 물가의 자갈

밭에 뛰어내린다. 그리고 뭍 쪽을 보는데, 정면에 크누텐이 서 있다. 그는 이제 일어나, 미동도 없이 해안가에 서 있다. 나는 바위 지대를 기어올라 나무 하나를 발견하고 그 나무에 밧줄을 묶는다. 크누텐의 아내는 무릎을 당겨 턱 밑에 받치고 두 팔로는 다리를 감싼 채 바위 위에 앉아 있다. 이제는 그녀가 크누텐을 보았을 테지, 하고 나는 생각한다. 그녀의 계류용 밧줄은 아직 그녀 곁에 있고, 나는 그녀에게 다가가 배를 묶어 주겠다고 말한다. 나는 밧줄을 들고 내 배가 묶인 나무에 그녀의 배를 묶는다. 나는 웃음을 짓는다. 뭍 쪽을 쳐다보는 데, 크누텐이 그곳에 서 있다. 크누텐의 아내가 나를 바라보더니, 왜 웃고 있냐고 묻는다. 나는 웃지 않았다고 대답한다. 그녀는 나더러 웃었다고 말한다. 내가 섬을 돌아볼 것인지 묻자 그녀가 고개를 끄덕이고는 일어선다. 나는 바위 지대를 걸어가 헤더 꽃이 핀 곳에 이른다. 작은 섬엔 나무 몇 그루와, 약간의 바위들과, 수많은 덤불이 있는데, 섬 대부분이 헤더 꽃으로 뒤덮여 있다. 그리고 그 반대편, 바깥으로 피오르를 향하는 쪽, 피오르가 넓게 펼쳐지는 쪽, 그곳엔 멋진 만灣이 있다. 그녀가 내 뒤에서 걷는다. 나는 그녀 앞에서 걷는다. 그녀가 나를 따라오다가, 좀 기다리라고 말한다. 나는 멈춰 선다.

섬에 올라 본 건 처음이네요. 그녀가 말한다.

그런가요, 내가 말한다.

여기 자주 오세요? 그녀가 묻는다.

아뇨, 거의.

여기 해변에 올라 본 적은 있어요?

네, 나는 대답한다. 그리고 우리는 헤더 꽃 사이를 걸어간다. 돌아보지 말자, 돌아보지 않는 거야. 그리고 그녀 역시 돌아보지 않고, 돌아보고 싶지 않다는 듯 앞만 보며 걷는다. 나는 그녀에게 만까지 걸어가자고 말한다. 그 멋진 만은 이 작은 섬 반대편에 있어요, 밖으로 피오르를 향해 있죠, 그러자 그녀가 그러자고 말한다. 그렇게 해요. 섬을 가볍게 돌고 싶었던 것뿐이긴 한데, 전 상관없어요. 우리는 섬을 가로지르며 헤더 꽃을 헤치고 덤불 속에선 꼭 붙었다가 다시 떨어져 해안가로 걸어 내려간다. 자그마한 모래밭이 나타난다. 그곳에서 크누텐의 아내는 걸음을 멈추고, 신발 끝으로 무늬를 그린다. 나는 그녀를 바라본다. 화창한 여름날 저녁, 포근한 저녁이다. 크누텐의 아내는 노란 우비를, 흰 방수 바지를 입고 있다. 그녀는 검은 머리에 갈색 눈동자를 지니고 있다. 나는 전에 그녀와 이야기를 나눠 본 적이 없다. 우리는 해안가를 따라 걷고, 바위들을 가로지르고, 헤더 꽃으로 뒤덮인 언덕을 몇 개 넘는다. 그러자 만이 우리 눈에 들어온다. 크누텐이 해안가에 서 있다고 이제는 말해야 해, 하고 나는 생각한다. 말해, 크누텐의 아내가 나에게 웃음을 짓는다.

당신은 말이 별로 없군요. 그녀가 말한다.

그래요.

여기 출신 사람들은 다 그런가 보네요. 그녀가 말한다.

뭐, 일종의 규칙인 모양이죠.

난 여름 내내 여기 머물 것 같아요. 그녀가 말한다.

당신은 여기 이제 막 온 겁니까?

그녀는 그렇다고 말한다. 그리고 나는 내가 '당신들'이 아닌 '당신'이라고 말하고 그녀는 '우리'가 아닌 '난'이라고 말한 것을 알아차린다. 나는 그녀에게 크누텐이 저기 해안가에 서 있은 지 오래되었다고, 어쩌면 그가 우리에게 합류하고 싶어 하는지도 모른다고, 잘은 모르겠지만, 말해야 할 것만 같다.

맞아요. 우린 며칠 전에 왔어요. 그녀가 말한다.

그런데 당신 여기 온 적이 있었습니까?

네, 여러 번. 그녀가 말한다.

조용해진다.

하지만 이전엔 당신을 본 적이 없어요. 그녀가 말한다.

전 거의 집에서 지냅니다.

혼자서요?

그래요, 대체로.

어째서요?

모르겠군요.

다른 사람들과 함께 지내셔야죠, 그녀가 말한다

나는 어깨를 으쓱인다.

혼자 지내는 걸 더 좋아하는 건가요?

그런가 봅니다.

당신은 희한하군요, 그녀가 말한다.

조용해진다.

이상한 사람이에요, 당신은, 그녀가 말한다. 그리고 우리는 만에 도착해 아무런 말도 없이 완벽한 적막 속에 자리에 앉는다. 어스름이 짙어 오며 점점 더 짙게 깔리는데, 나는 해안가에 서 있는 크누텐의 생각을 머릿속에서 떨쳐 낼 수가 없다. 처음에 그는 길가에 서 있었고, 그다음엔 해안가로 내려왔다. 바로 저기에 그가 미동도 하지 않고 서 있었다. 나는 그와 시선이 마주치지 않도록 조심하고 있었다. 내가 그를 바라보고 있다는 것을 그가 알아차렸을까, 모르겠다. 그런데 갑자기, 난데없이, 저물기 전보다 강력하게, 아주 분명하게, 불안감이 엄습했다. 몸속을 파고들어 내 왼팔과 손가락이 쑤시기 시작했다. 아프다. 점점 더 어두워지는 곳에서 무언가가 날 덮쳐 온다. 내가 크누텐의 아내를 쳐다보자 그녀가 날 바라본다. 나는 그녀의 놀란 눈을 알아차리고, 불현 듯 알게 된다. 나는 크누텐이 해안가에 서 있음을 그녀에게 말할 수 없다. 나는 말할 수 없다. 어째서인지는 모르겠지만, 나는 말할 수 없다. 지금은 불안감이 극심하다. 나는 집에 가야겠다고 결심하고 그녀에게 이야기한다. 그러자 그녀가 고개를 끄덕인다. 우리는 보트로 돌아간다. 크누텐은 더 이상 보이지 않는다. 우리는 선외 모터를 작동시킨다. 내가 앞서고, 그녀가 내 뒤를 따른다. 피오르에서, 집으로. 나는 정면을 바라본다. 적막하고, 조금씩 더 어두워져 간다. 선외 모터의 소음. 집으로 가는 길. 그런데 어떤 외침이 들린다. 한 번의 외침. 불안감, 전에는 이런 불안감을 느껴 본 적이 없다. 그런데 어떤 외침이 들린다. 나는 속도를 늦추고 배를 조금 돌린다. 크누텐의 아내도 그렇게 한다. 나는 주위를, 육지 쪽을 살핀다. 크누텐이다. 우리 바로 뒤쪽의 곶에 크누텐이 보인다. 그가 그곳에서 손을 흔들며 집까지 태워 줄 수 있겠느냐고 외치고 있다. 나는 배를 돌려 곶으로 향한다. 크누텐이 곶에 앉아서 아래를 내려다보고 있다. 그는 미소 띤 얼굴로, 우리를 보았다고 말한다. 그가 미소를 짓는다. 무슨 말을 꺼내야 할지 모르겠다. 크누텐의 아내는 배를 대더니, 만나서 잘됐다고 말한다.

나 물고기 잡았어, 그녀가 말한다.

내일 저녁거리가 되겠군, 크누텐이 말한다.

끝내주는 대구 월척이야, 그녀가 말한다.

어디 한번 볼까, 크누텐이 말하며 몸을 일으켜 물가로 내려가자, 크누텐의 아내가 그에게 물고기를 보여 준다. 끝내주는 대구인데, 씨알이 굵어, 내일 저녁으로 써야겠군, 이라고 그가 말한다. 맛도 좋겠어, 라고 그가 말한다. 오늘 밤에 소금에 절여 두면, 내일 가볍게 절인 대구가 되겠어, 가볍게 절인 싱싱한 대구라, 이거 좋겠는걸. 크누텐이 곳을 따라 내 배로 걸어간다.

그래 자넨 뭣 좀 잡았나, 그가 내 배 안을 둘러보며 말한다.

나는 고개를 가로젓는다.

저분은 물고기를 하나 잡았는데 놓치고 말았어, 그녀가 말한다.

맞아, 녀석을 물 밖으로 거의 난간까지 끌어올렸는데, 그만 놓쳐 버렸지, 내가 말한다.

엄청나게 큰 놈이었나 보군?

큰 놈이었지, 내가 말한다.

아마 내가 잡은 녀석과 같은 녀석이었을 거야, 크누텐의 아내가 말한다.

그놈 대구였나?

응, 내가 말한다.

같은 크기의?

나는 고개를 끄덕인다.

우린 서로 곁에서 낚시하고 있었는데, 저분이 먼저 고기

를 낚고서 놓친 직후에 내가 고기를 잡았어, 그녀가 말한다

그럼 아마 같은 녀석이겠군, 크누텐이 말한다.

대구는 떼를 지어 다니지 않으니까, 내가 말한다.

자네와 대구 둘 다 그렇지, 크누텐이 말한다.

당신 짓궂어, 크누텐의 아내가 말하고는 웃음을 터뜨린다, 그리고 크누텐이 우린 적어도 10년은 서로 보질 못했지, 내가 종종 여기 왔었는데도 말이야, 그런데 갑자기, 우린 같은 날에 두 번이나 마주쳤군, 이라고 말한다, 나는 고개를 끄덕이고는, 그래, 희한한 일이야, 라고 맞장구를 친다, 그러고서 나는 입을 닫고 있다, 크누텐이 뭍에, 길 위에 서 있었기 때문에, 그가 해안가로 내려왔던 까닭에, 나는 그를 목격했다, 그리고 그는 그를 보는 나를 목격했다, 그러고서 크누텐의 아내와 나는 섬으로 갔다, 크누텐은 해변에 남겨졌다, 그러고 나서 그는 소리를 질렀다, 우리가 돌아오는 길에 크누텐은 곶에 있다가 우리에게 소리를 질렀다, 나는 크누텐을 쳐다본다, 그는 그의 아내의 배에 올라 선미의 선외 모터로 다가가고 있고, 그녀에게 선수에 가서 앉으라고 말하고 있다, 그가 모터에 시동을 건다.

난 아내를 집에 데려다줘야 할 것 같아, 그가 내 얼굴을 보며 말한다.

그래, 내가 말한다.

당신은 늘 그래, 라고 말하는군요. 그의 아내가 내게 말한다. 나는 아무 말 없이 고개를 끄덕인다. 무척이나 이상하다. 불안감. 이 극심한 불안감. 날은 점점 어두워지는데, 그녀의 눈이. 그녀의 눈이 이제는 어디에나 있다. 하늘 위에, 피오르 너머에. 이 불안감. 예전에 나는 이와 같은 것을 결코 느껴 본 적이 없다. 그녀의 눈.

그럼, 우린 그만 집으로 가야겠어, 크누텐이 말한다.

그럼 잘 지내게, 내가 말한다. 크누텐과 그의 아내가 탄 배는 이미 멀리, 앞으로, 바깥쪽으로 속도를 내고 있다. 나는 내 선외 모터에 시동을 걸어서, 뒤를 따라, 집으로 가야 할 것이다. 그러나 나는 모터를 켜지 않는다. 나는 그곳에 머무른다. 뭍 가까운 곳에, 그 지점에, 한 시간은 족히 머물렀음이 틀림없다. 그러는 내내 나는 이 불안감을 느꼈다. 전에 느껴 본 적이 없는 불안감. 그리고 나서 나는 선외 모터를 작동시키고, 곶을 넘어 피오르로 나가, 그곳에 머물러 낚시를 한다. 이제 물고기가 좀 있다. 낚시가 잘 된다. 그리고 나서, 완전히 어두워졌을 때, 바람이 조금 산뜻해졌을 때, 나는 모터를 작동시켰고, 집으로 돌아갔다. 그러는 내내, 이 불안감이 내 속에 자리하고 있었다. 이 불안감은 느닷없이 날 엄습했다. 그녀의 눈이 어디에나 있었다. 그녀는 크누텐의 아내다. 나는 집에 와서, 매일 저녁 여기 앉아 있다. 여기 앉아 글을 쓴다. 이 불안감은 날 떠나지 않을 것이다. 그것이 내가 글을 쓰는 이유다. 나는 이 불안감을 떨쳐 버려야 한다. 지난여름 나는 크누텐과 다시 마주쳤다. 나는 그를 적어도 10년은 보지 못했다. 그리고 불안감이 날 엄습했다. 그것이 내가 글을 쓰고 있는 이유다. 나는 이 불안감에 접근해 들여다보고 싶다. 크누텐과 나는 늘 함께였다. 매일 그랬다. 크누텐은 떠났고, 내가 그를 쫓아가며 불렀지만, 그는 떠나 버렸다. 나는 크누텐의 아내와 마주쳤다. 그것은 내가 크누텐과 다시 마주한 바로 그날이었다. 나는 크누텐을 적어도 10년은 보지 못했고, 이제 그는 결혼을 했으며, 아이가 둘 있다. 크누텐은 우리 학급 동창 하나와 춤을 추고 있다. 그 때문에 바로 그날 불안감이 엄습해 왔고 이후로 불안은 점점 더 극심해지고 있다. 크누텐의 아내. 나는 여기 앉아 글을 쓴다. 이 불안감을 떨쳐 내야 한다. 노란 우비. 나는 더 이상 밖에 나가지 않는다. 어머니.

◇

불안감이 날 엄습해 온다. 나는 더 이상 밖에 나가지 않는다. 이 불안감이 엄습해 온 것은 지난여름이었다. 그것이 내가 글을 쓰는 이유다. 청재킷에 노란 우비를 입은, 크누텐의 아내. 어머니가 아래층을 서성거리고 있다. 그녀는 텔레비전을 보고, 장을 본다. 어머니. 그녀는 장을 본다. 전에 장을 보던 것은 나였는데, 이제 나는 밖에 나가지 않는다. 이 불안감이 엄습해 온 것은 지난여름이었고, 그 후로 나는 밖에 나가지 않는다. 어머니는 그리 나이가 드시진 않았다. 나는 크누텐과 다시 마주쳤다. 나는 그가 떠나는 것을, 떠나는 그의 뒷모습을 보았다. 크누텐은 떠나 버렸다. 나는 그를 쫓아가며 불렀다. 모르겠다. 그것이 이 불안감이다. 나는 이 불안감이 엄습해 온 이후로 기타에 손을 대지 않았고, 밖에도 나가지 않는다. 대체 무슨 일이니, 라고 어머니는 말한다. 그렇게 틀어박혀 앉아 있을 수만은 없잖니, 라고 그녀가 말한다. 내가 크누텐과 다시 마주친 것은 지난여름이다. 그는 결혼했고, 아이가 둘있다. 그것이 이 불안감. 모르겠다. 그렇지만 이 불안감이다. 나는 크누텐을 소리쳐 불렀지만, 그는 대답을 하지 않았고, 그냥 떠나 버렸다. 그 후로는 그를 다시 보지 못했다. 나는 이 불안감을 떨쳐 버려야 하기에 글을 쓴다. 불안이 엄습해 온 것은 지난여름이었다. 나는 더 이상 밖에 나가지 않는다. 불안이 엄습한 이후로 나는 기타에 손을 대지 않고, 음반도 더 이상 틀지 않는다. 내 왼팔이, 손가락이 아프다. 어머니. 크누텐의 아내. 노란 우비. 청재킷. 그녀의 눈. 불안감이 날 엄습해 와서 나는 글을 쓴다. 기타. 내 기타가 보인다. 내가 장만한 첫 번째 기타가 떠오른다. 크누텐과 나. 지난여름 나는 크누텐과 다시 마주쳤고, 불안감이 날 엄습했다. 크누텐은 결혼을 했고, 아이가 둘 있었다. 우리가 어릴 적에, 크누텐과 나는 늘 함께였다. 매일 그랬다. 나이가 들어 가도 늘 우리는 함께였다. 밴드에서 함께 연주를 시작한 것도 크누텐과 나였다. 크누텐과 나는 밴드를, 록밴드를 시작하기로 마음먹었다. 우리가 몇 살 적이었는지는 모르겠다. 열한 살, 아마도 그쯤이었을 텐데, 학교에서 자유 시간에 크누텐과 나는 록밴드를 시작하기로 마음먹었다. 그리고 자유 시간마다 우리끼리 계획을 세우며 돌아다녔다. 우선은 사람이 더 필요했다. 우리 밴드는 기타가 둘, 물론 전자기타로, 그리고 베이스와 타악기로 이루어질 것이기 때문에 네 명은 되어야 했다. 그러고 나면 한 사람은 노래를 불러야 했고, 아니면 보컬리스트가 될 사람을 구하거나 해야 했다. 어떤 경우에든 우리는 마이크를 장만해야 했다. 앰프가 딸린 스피커, 마이크 스탠드, 전선들, 우리는 그 많은 것들이 필요했던 것이다. 그러고 나면 노래 가사가 필요했고, 연습을 할 곳 또한 필요했다. 그렇지만 우선은 우리가 '우리 보트하우스'라고 이르던 곳에서 연습을 시작할 수 있을 것 같았다. 그리고 이름, 밴드는 부를 이름이 있어야 했다. 크누텐과 나는 계획을 짰다. 크누텐과 나는 우린 잘될 거야. 무도회가 있는 곳이면 어디든 가서 연주하게 될 거라구, 라고 서로에게 말했다. 나는 정말로 기타를 연주하고 싶었고, 크누텐도 마찬가지였다. 그날 집으로 돌아가는 길이었다. 크누텐과 나는 나란히 자전거를 타고 있었다. 나란히 자전거를 타고 가고 있는데, 청소년 센터* 앞에서 크누텐이 급히 브레이크를 잡더니 출입문 앞에 자전거를 내팽개치고는 계단을 뛰어 올라갔다. 여기야, 라고 그가 말했다. 여기서 연습할 수 있겠다. 안 될 게 뭐 있어. 청소년 센터에서 연습할 수 있을 거야. 우리는 연습할 곳이 필요해. 그건 중요한 일이라구, 라고 그가 말했다. 그리고 보트하우스엔 전기가 안 들어와. 우린 전기도 필요해, 라고 그가 말했다. 나는 동의했고, 우리는 요청하기로 마음먹었다. 그런데 소비자 조합의 직원 하나가 청소년 센터장이라는 것을 크누텐이 알고 있었다. 우리는 당장에 소비자 조합으로 자전거를 내달릴 수 있었고 청소년 센터장에게 문의할 수 있었다. 그리고 우리는 그렇게 했다. 우리는 페달에 몸을 실었다. 페달을 밟으며, 몸을 세우기도 하면서, 길을 따라 달렸다. 언덕을 오르기도 하고, 페달 위에 선 채 비탈길을 내려가기도 하면서 시내로, 시내의 소비자 조합 쪽으로 달렸다. 마지막 비탈길을 오르고, 소비자 조합 앞 입구로 들어가, 자전거에서 내리고, 자전거를 거치대에 세우고, 가게 안으로 들어가, 청소년 센터장이 어디 있는지 묻는데, 그 사람은 부두에 내려가

---

* ungdomshuset. 청소년들이 스포츠나 동호회 활동을 함께 할 수 있도록 마련된 장소.

있어, 그는 주로 거기에 있지, 라고 계산대에 있는 여인이 말했고, 우리는 계단을 달려 내려가, 부두에 내려섰다. 그러자 그가, 청소년 센터장이 그곳에 있었다. 우리는 저희가 관현악단을 하려고 하는데 청소년 센터에서 연습을 할 수 있을까요, 라고 물었다. 처음에 우리는 밴드가 아닌 관현악단이라 불렀다. 청소년 센터에서 저희가 연습을 할 수 있을까요. 저희는 연습할 장소가 필요하거든요. 집에서는 연습할 수가 없는 게, 저흰 앰프와 타악기도 쓸 거거든요. 소음이 심할 거예요. 그러니 저흰 집에선 연습을 할 수가 없어요. 그러자 가게 점원이 미소를 짓고는 우리를 바라보며 너희 부모님들께서 동의를 하셨니, 연주하는 법은 알고 있니, 필요한 장비를 다 장만했니, 라고 물었다. 그렇다면, 좋다. 그럼 청소년 센터에서 연습을 할 수 있을 거다. 아마 그럴 거야. 그렇지만 나 혼자 모든 결정을 내리는 건 아냐. 내가 센터장이지만, 그렇다고 내가 모든 결정을 다 하는 건 아니거든, 너희가 당장 연주를 할 수 있다면, 그래, 내가 이 건을 회의에 올려 보마. 그래, 그러면 뭔가 결과가 나올 거야. 너흰 알게 될 거다. 그는 미소를 지었다. 크누텐과 나는 서로 끊임없이 윙크해 대며 고개를 끄덕였다. 그러자 가게 점원은 그 자리에 서서 미소를 지었다. 그런데 너희 장비를 마련한 게 있니? 그가 다시 물었다. 우리는 아직 아무것도 없다고 말했다. 청소년 센터장은 너흰 분명 청소년 센터에서 연습을 할 수 있을 거다. 그건 문제가 없어. 하지만 장비는? 그런 음악 장비들은 비싼데. 그리고 너희 연주하는 법을 아니? 라고 말했다. 그러자 크누텐이 물론 우린 아직 장비가 없어요. 그렇지만 언제고 시작은 해야죠. 그리고 우린 둘 다 연주할 줄 모르지만, 언제고 배우기 시작하기는 해야죠, 라고 말했다. 청소년 센터장도 그 말에 동의했다. 크누텐은 또, 오늘부터 저흰 장비를 모으기 시작할 거예요, 라고 말했다. 그러자 가게 점원이 내가 조금 도움을 줄 수 있을 것 같구나, 라고 말했다. 창고에 낡은 전시대가 하나 있거든, 그게 딱 마이크 스탠드처럼 보이더구나. 정말로 비슷해. 착각일 수도 있겠지만 말이야, 꼭 우산처럼 철제 살이 달려 있었어. 그 살은 상품을 거는 데 쓰였었지만, 이젠 더 이상 전시대로 쓰지 않아. 원한다면, 너희가 가져갈 수 있을 거야. 그는 이미 창고로 몸을 옮기고 있었고, 우리는 그를 따라갔다. 크누텐과 나는 가게 점원의 뒤에서 걸으며 끊임없이 서로에게 윙크했다. 서로에게 고개를 끄덕였다. 그 가게 점원은 밀가루 포대가 놓인 선반을 몇 개 기어올라 가더니 어디론가 사라졌다. 그러고 나서 반짝거리는 쇠막대가 나타났다. 조금씩 조금씩 긴 쇠막대가, 그다음엔 검은 지지대가 모습을 드러내 보였다. 검은색인 것만 빼면, 그건 꼭 크리스마스트리의 발처럼 보였다. 그리고 점원의 손이 나타났고, 그다음엔 그가 온전히 모습을 드러냈다. 쓸 만하지, 라고 그가 말한다. 우리는 말문이 막힌 채 그 자리에 서 있다. 이거면 마이크 스탠드로 딱이지, 너희가 해야 할 일은 막대를 자르는 거지, 이건 너무 기니까 말이야, 그리고 이 말을 해 둬야 할 것 같아, 라고 점원은 말했는데, 그의 말에 따르자면, 우리는 너무 작고 막대는 너무 길기 때문에, 우리 중 하나가 다른 하나의 어깨 위에 서고, 그러고서 노래를 크게 불러야 할 것 같다는 거였다. 그러고서 그는 웃음을 터뜨렸다. 너희가 그러고서 공연을 하면 청소년 센터가 만원으로 꽉 차게 될 거야, 라고 그가 말했다. 우리는 그게 딱히 재미있다고 생각하지 않았다. 어쨌든 그 막대를 바닥에 내려놓자, 정말 마이크 스탠드로 제격인 듯이 보였다. 이제 남은 것은 마이크뿐이로구나, 라고 가게 점원이 말했다. 실은, 마이크 하나가 청소년 센터에 있었거든, 그런데 그건 고장이 났어. 앰프도 하나 있는데, 그건 작동할 거야, 스피커도 한 짝이 있는데, 그것도 작동할 거다. 너흰 그 장비들을 당분간 빌려 쓸 수 있을 거야, 라고 그가 말했다. 우리는 그 자리에 서서 고개를 끄덕이며 잘됐어, 라고 말했다. 그리고 정말로 감사드린다고 말했다. 그러고 나서 우리는 함께 마이크 스탠드를 들었다. 한 사람은 발을 잡기로 했는데, 그것은 나였고, 나머지 한 사람은 막대 끝을 잡기로 했는데, 그것은 크누텐이었다. 우리는 마이크 스탠드를 사이에 두고, 가게 쪽으로 계단을 걸어 올라갔다. 쩌는 사람이야, 우리 땅 잡았어, 라고 크누텐이 말했다. 연습할 곳을 얻은 것만 아니라, 마이크 스탠드에 앰프에 스피커 한 짝까지 다 얻었어. 하루 만에 다 얻었다고. 쩌는 사람이야, 라고 그가 말했다. 우리의 자전거는 짐받이 위에 책가방이 놓인 채 가게 밖에 그대로 서 있었다. 문제가 있어, 라고 크누텐이 말했다. 그는 우리가 자전거와 스탠드를 둘 다 가져갈 순 없다고 생각했다. 그래, 아마 안 될 거야, 라고 내가 말했다. 그럼 우리 자전거를 남겨 두자, 나중에 돌아와서 가져가는 거야. 크누텐은 우선 우리가 스탠드를 집에 가져다 둬야 한다고 주장했다. 두 말할 나위 없이 그가 옳았다. 그리하여 우리는 길로 나섰다. 마이크를 사이에 둔 채 크누텐이 앞장서고 내가 뒤를 따르며 옮겼다. 우리는 스탠드를 보트하우스에 두기로 했다. 그게 최선이야, 라고 우리는 말한다. 만약에 우리가 달리 연습할 장소를 구하지 못하면, 우린 거기서 연습할 수 있을 거야, 라고 우리는 말하며 서로 동의한다. 적어도 시작은 거기서 할 수 있을 거야, 라고 우리는 동의한다. 우리는 길을 걸어 올라간다. 우리 사이에 마이크 스탠드를 두고 옮긴다. 그러나 우리가 이런 식으로 곧장 보트하우스로 갈 수 있을까, 라고 내가 말한다. 그 보트하우스는 우리 중 누구의 것도 아니잖아, 라고 내가 말한다. 우린 그냥 거기서 많이 놀았던 것뿐이야. 우리는 걸음을 멈춘다. 크누텐이 나를 바라본다. 그가 고개를 끄덕인다. 우선 해안가로 가서, 우리가 하던 대로 해안을 따라 보트하우스로 가는 거야, 라고 그가 말한다. 나는 고개를 끄덕인다. 그러고 나서 우리는 다시 걷기 시작한다. 우리는 길 건너로 걸어가, 누군가 우리를 보는지 둘러보지만 아무도 보이지 않는다. 그런 다음 우리는 길가를 걸어, 언덕을 지나, 해변에 내려선다. 길이 가파르지만 우리는 천천히 균형을 잡으며 걷는다. 몇 번 거의 넘어질 뻔하면서, 우리는 가까스로 해변에 다다른다. 그런 다음 크누텐은 우리 좀 쉬어야겠다, 라고 말하고, 나는 고개를 끄덕인다. 그리고 우리는 각자 바위 위에 앉는다. 우리는 말없이 앉아 있다. 피오르를 바라본다. 우리는 각자 조약돌 하나를 집어 들고 바다에 던지는데, 그리 멀지 않은 바다에 떨어진다. 일이 잘 풀리고 있어, 크누텐이 말한다. 믿을 수 없을 정도야, 내가 말한다. 마이크 스탠드가 우리 사이에, 해변의 바위와 조약돌들 위에 서 있다. 그 청소년 센터장, 겁나 끝내준다, 라고 내가 말한다. 맞아, 쩌는 사람이야, 크누텐이 말한다. 우리는 각자 바위 위에 앉아 바다에 조약돌을 던진다. 그러다가 우리는 서로를 바라보고, 자리에서 일어나, 마이크 스탠드의 양 끝을 붙들고, 해변을 따라 걸어간다. 크누텐과 나는 해변을 따라 걸어가면서, 크누텐이 앞서고, 내가 그 뒤를 따라간다. 그리고 그 사이로 우리는 소비자 조합에서 가져온 낡은 전시대를 옮긴다. 그렇지만 그건 딱 마이크 스탠드처럼 보인다. 크누텐과 나는 해변을 따라 걸어간다. 이제 우리는 레이테에 사는 스베이녠의 농장 아래를 지나간다. 우리가 가고 있는 보트하우스를 실제로 소유하고 있는 이가 그 사람이다. 그래서 나는 크누텐에게 우리지금은 큰 목소리로 얘기하지 말자, 적어도 우리가 가려는 곳에 대해서는 말이야, 라고 말한다. 그러자 크누텐이 고개를 끄덕이며 동의한다. 우리는 아무 말 없이 해변을 따라 걸어간다. 갑자기 크누텐이 걸음을 멈추고, 내가 돌아서서 그를 쳐다보는데, 크누텐이 레이테에 사는 스베이녠의 농장 과일나무들 쪽으로 고개를 까닥인다. 내가 올려다보자 그곳엔 나뭇가지 가득 사과와 배들이 열려 있다. 아주 맛있어 보인다. 크누텐과 나는 꼼짝 않고 서 있다가, 우선 마이크 스탠드를 보트하우스에 가져다 두자, 그럼 나중에 어떻게든 할 수 있을 거야, 라고 내가 말하고, 그러자 크누텐이 고개를 끄덕인다. 우리는 다시 걷기 시작한다. 나는 파도가 해안에 철썩이고 또 철썩이는 소리를 듣는다. 파도가 들린다. 우리는 보트하우스 쪽을 향한다. 나는 파도가 해안을 철썩이는 소리를 듣는다. 나는 철썩이는 파도 소리에 발을 맞추려고 시도한다. 크누텐과 나는 보트하우스를 향해 걷는다. 우리는 도착해서, 보트하우스의 곁문이 있는 측면을 따라 걷는다. 덧문에 가까운, 우리가 사용하는 문이 그곳에 있다. 그 덧문은 오직 바깥쪽의 갈고리로만 잠겨 있다. 나는 갈고리를 풀어, 덧문을 열고 기어서 들어간다. 그러자 크누텐이 마이크 스탠드를 건넨다. 보트하우스 안쪽은 어둡다. 그곳은 흙바닥이다. 크누텐이 안으로 들어와 덧문을 닫는다. 눈을 어둠에 적응시켜야 하기에 우리는 잠시 아무것도 하지 않고 서 있는다. 흐릿하게나마 분간이 되었을 때, 크누텐이 먼저 마이크 스탠드 앞으로 가서 서고 다음으로 내가 합류한다. 그리고 우리는 스탠드가 너무 길다는 것을 깨닫는다. 그러자 크누텐이 우리 이거 써먹으려면 잘라야겠어, 라고 말한다. 우리는 그렇게 하기로, 바로 해치우기로 결심한다. 그런데 너무 많이 잘라내면 안 돼, 그랬다간 알아차리기도 전에 너무 짧아져 버릴 거야, 라고 우리는 이야기한다. 그런데 그것을 잘라내려면, 우리들 중 한 사람이 집에 가서 쇠톱을 가져와야 한다. 그리하여 가장 가까운 우리 집에 가기로 결정한다. 단숨에 해치우는 거야, 하고 우리는 또 결심한다. 그런데 우선 마이크 스탠드를 숨겨 놔야겠어, 하고 우리는 이야기한다. 그리고 우리는 이걸 어디에 둘지 주변을 둘러보는데, 바닥에 엎어져 있는 반쯤 녹슨 조각배 밑에다 벽 하나를 따라 나란히 놓기로 결정하고 그렇게 한다. 막대 자체는 조각배 밑으로 쉽사리 굴러가지만, 스탠드의 발이 문제다. 그렇지만 우리는 스탠드의 발도 조각배 밑에다 거의 집어넣는다. 그러고 나서 우리는 다시 밖으로 나간다. 덧문을 밀어 올리고, 바깥에 선다. 바깥의 빛이 눈부시다. 크누텐과 나는 큰길로 가볍게 뛰어가, 길을 따라 우리 집 지하실로 향한다. 그리고 우리는 쇠톱을 찾아낸다. 그런데 우리가 지하실을 다시 나가는 길에 공교롭게도 지하실로 내려오는 어머니와 마주친다. 널 기다리고 있었는데, 라고 어머니가 말한다. 무척 늦었구나, 라고 그녀가 말한다. 책가방은 어딨니, 자전거는, 그래서 나는 어머니에게 우리가 시작하려는 밴드에 대해, 내 책가방에 대해 이야기한다. 그리고 지금 책가방을 가지러 가는 길이라고 이야기한다. 나는 그녀에게 말한다. 제 자전거는 소비자 조합 바깥쪽에 있어요. 지금 가지러 가는 길이에요, 라고 그녀에게 말한다. 그러자 그녀가 네 저녁밥 이제 다 식고 있는데, 라고 말하고, 나는 괜찮아요, 문제없어요, 전 식은 밥도 잘 먹어요, 라고 그녀에게 말한다. 그리고 그녀가 막 다른 말을 꺼내려 할 때, 크누텐과 나는 벌써 큰길로 접어든다. 우리는 계획을 짠다. 우선 크누텐이 집에 가야 한다. 그렇지 않으면 그는 호된 꾸지람을 들을 것이다. 그러고 나서 그가 내가 있는 곳으로 돌아오면, 우리는 마이크 스탠드를 잘라내러 보트하우스로 향하는 것이다. 해야 할 게 너무 많다. 우리는 소비자 조합으로 걸어간다. 자전거들은 아직 그곳에 있고, 책가방은 자전거 짐받이 위에 있다. 우리는 자전거를 타고, 서둘러 집으로 간다. 그리고 길을 내려가는 중에 우리는 레이테에 사는 스베이넨이 우리에게 걸어오는 것을 발견한다. 그는 길 전체를 차지한 듯이 우리에게 똑바로 걸어온다. 저 사람이 배를 서리한 녀석들을 거의 죽여 놨대. 그리고 참견쟁이인 걸로 말하면, 미주알고주알 알아야 직성이 풀린대. 이제 그가 우리한테 마이크 스탠드에 관해 물어볼 거야, 라고 크누텐이 말한다. 레이테의 스베이넨이 손을 내밀더니, 우리더러 멈추라고 말한다. 너희가 해변으로 내려가는 걸 봤는데, 뭔가 옮기고 있더구나. 그게 뭐냐, 라고 그가 말한다. 그러자 크누텐이 별거 아니에요, 라고 말한다. 그러자 레이테의 스베이넨이 그래, 그렇더구나. 그런 건 한 번도 본 적이 없어. 내가 늙은이가 되도록 여기서 오래, 한평생을 살았는데, 그런 건 한 번도 본 적이 없단 말이지, 라고 말한다. 그러자 크누텐이 조금 당찬 목소리로 그건 마이크 스탠드란 말이에요, 라고 말한다. 그러고서 크누텐은 페달을 힘껏 밟고 나는 그 뒤를 따라간다. 그러자 우리 뒤에서 레이테의 스베이넨이 너희가 대체 마이크 스탠드를 가지고 뭘 어쩔 셈이냐, 하고 묻는 목소리가 들린다. 쓸 데가 있어요, 라고 크누텐이 뒤에 선 그에게 외친다. 그리고 우리는 페달을 있는 힘껏 밟으며, 결국 레이테의 스베이넨이 우릴 본 거라고 서로 숨 죽여 이야기한다. 아마 우리가 그의 보트하우스로 내려가는 것도 봤을 거야, 빌어먹을, 하고 크누텐이 말한다. 그리고 나는 대답을 하지 않는다. 레이테의 스베이넨은 분명 우리를 보지 못했을 거라고, 그럴 수 없었을 거라고 나는 생각한다. 그러고 나서 크누텐과 나는 서로 이따가 보자고, 이따 얘기를 나눠야 할 것 같다고 이야기한다. 나는 서둘러 집으로 향한다. 어머니는 나에게 화를 내지는 않고, 네가 학교에서 곧장 집으로 오지 않았을 때 나는 다만 두려웠단다. 내가 어찌 알았겠니, 라고 말한다. 나는 저녁을 먹고, 밖으로 나와 쇠톱을 찾는다. 나는 그것을 지하실 계단에다 내려놓고, 정원 의자에 앉아 땅을 차거나 쇠톱을 대롱대롱 들거나 하며 기다린다. 그러다가 나는 크누텐을 발견한다. 그가 내게 손을 흔들면서 길을 뛰어오고 있다. 나는 마주 손을 흔들며 일어나 큰길로 달려나가 크누텐을 맞이한다. 우리는 서로 웃음을 지으며 어떻게 스탠드를 알맞은 높이로 자를 수 있을지 논의한다. 그런데 일단 마이크로 쓸 물건을 찾아야 할 것 같아, 라고 크누텐이 이야기한다. 우리는 해변으로 내려가기로 한다. 그곳에서 뭔가를 찾을 수 있을 것이다. 우리는 해변으로 달려 내려가, 자갈 모래밭을 헤집으며 다닌다. 유목, 작대기, 양철 깡통, 빈 플라스틱 병 같은 것을 찾아낸다. 우리는 해변을 따라 걷는다. 그런데 크누텐이 우리가 노래를 불러야 할 것이라는 생각을 떠올린다. 우리는 멈춰 서서 서로를 바라보는데, 우리들 중 누구도 시작할 엄두를 내지 못하고, 그래서 우리는 계속 걷는다. 그렇지만 분명 부를 줄 아는 노래가 하나쯤은 있어야 할 텐데, 나는 계속해서 생각한다. 정말 난 동요 말고는 다른 노래를 하나도 모른다구. 우리는 자갈과 모래밭 위를 걷는다. 이른 가을이고, 날은 포근하다. 바다가 해안을 부드럽게 철썩인다. 나무들은 가을 옷을 입고 있다. 과실이 나무들에 매달려 있다. 우리는 레이테에 사는 스베이넨의 농장 아래쪽에 이른다. 오늘 우리를 끔찍하게 비웃었던 그 남자. 레이테에 사는 스베이넨은 과일을 잔뜩 가지고 있다. 수없이 많은 배나무들, 끝내주는 사과들. 사과는 지금이 제철일 것이다. 아니면 배려나. 배라면 더 좋겠다. 우리는 농장 쪽을 올려다본다. 우리에게 가까이 있는 나무는 배나무다. 그럼 배가 제철이다. 우리는 재빨리 서로를 쳐다보고, 단숨에 결정을 내린다. 우리는 농장과 해변의 가장자리로 걸어가, 해변에서부터 레이테에 사는 스베이넨의 농장까지 있는 힘껏 달린다. 우리는 둘 다 몸을 숙이고, 서둘러 가장 가까운 나무로 가서, 몸을 곧추세우고는, 주변을 잘 둘러보다가, 손을 허공에 뻗어, 각자 배를 하나씩 잡는다. 우선 하나, 다음엔 하나 더. 우리는 배를 우리 바지 주머니 속에 담을 수 있을 만큼 눌러 담고, 다시 몸을 굽혀 고개를 아래로 수그린다. 그런 다음 종종걸음으로 해변으로 내려간다. 우리는 좀더 아래쪽 해안가에 있는 바위 둘을 찾아서, 각자 바위 위에 앉아 배를 사각사각 베어 먹기 시작한다. 우리는 하나를 먹고, 다음엔 나머지 하나도 먹는다. 우리는 배를 베어 먹는다. 자투리를 바다에다 버린다. 저기, 갑자기 크누텐이 말을 꺼낸다. 저기 봐, 라고 그가 말한다. 꼭 마이크처럼 생겼어, 라고 그가 말한다. 그가 벌떡 일어서더니, 배를 우물거리며 달려가 갈색 유목 조각 하나를 집어 든다. 그것은 정말 꼭 마이크 같은 모양이다. 그는 그 나뭇조각을 집어 들더니, 그것을 자기 입 앞에 들어 올리고, 영어 비슷한 말을 지껄인다. 크누텐은 마이크를 잡지 않은 손의 손가락들로 머리를 쓸어 넘기더니, 목을 앞으로 구부리고 입술을 죽 내밀고는, 나뭇조각을 그의 입술에 힘껏 눌러 대고, 한 손으로 마이크를 꽉 쥐고서 다른 손은 허공으로 뻗은 다음 노래를 부른다. 아주 큰 목소리로. 크누텐은 레이테에 사는 스베이넨의 농장 아래 해변에 서서 노래를 부른다. 크누텐이 큰 소리로 노래를 부른다. 그가 영어 비슷하게 들리는 말로 노래를 부른다. 나는 레이테의 스베이넨이 올 수 있으니 그렇게 크게 노래를 부르지 말라고 이야기한다. 그러자 크누텐이 잠자코 바위 위에 걸터앉아 주머니에서 또다른 배를 하나 꺼내 베어 먹는다. 그러고 나서 우리는 다시 보트하우스로 갈 때가 되었음을 깨닫고, 파도 소리를 들으며 해안가를 따라 걷는다. 나는 쇠톱을 손에 들고 달랑거리며 파도의 리듬을 따라 걷는다. 밀물이 밀려 들어와 바다는 아까 우리가 이곳을 걸었을 때보다 이제 해안에 더 가까이 다가와 있다. 우리는 주머니를 배로 가득 채운 채 보트하우스로 걸어간다. 보트하우스 측면을 따라 걸어, 덧문을 통해 먼저 내가, 다음으로 크누텐이 들어간다. 안에 들어서자 우리는 서둘러 엎어진 조각배로 다가가, 무릎을 꿇고 엎어진 조각배에 감춰 둔 마이크 스탠드를 끌어내 똑바로 세우고, 그 앞에 서서 어디를 자를지를 결정한다. 우리는 눈높이에 맞추기로 하고 톱질을 시작한다. 시간이 오래 걸리는 일이지만 우리는 인내심을 발휘한다. 그리고 우리가 작업을 끝냈을 때, 크누텐이 나뭇조각을 마이크 스탠드 꼭대기에 고정시킨다. 그러자 딱 알맞게, 아주 그럴듯하게 보인다. 이제 기타도 구해야겠어, 라고 내가 말한다. 그러자 크누텐이 고개를 끄덕인다. 보트하우스 안은 어둡고, 케케묵은 냄새가 난다. 크누텐이 마이크 스탠드 뒤에 서고 내가 그를 바라본다. 크누텐이 고개를 뒤흔들며 입을 뻐끔거린다. 그렇지만 그의 입에서 소리는 나지 않는다. 나 역시 그의 앞에 서서 고개를 흔들어 댄다. 우리는 크누텐이 나를 쳐다보고 내가 그를 쳐다볼 때까지 그 짓을 계속한다. 그러고 나서 말을 꺼낼 것도 없이 우리는 보트하우스의 다락으로 올라가는 사다리 쪽을 바라보고, 서로 고개를 끄덕인 다음, 마이크 스탠드를 그 자리에 세워 두고 사다리로 달려간다. 먼저 크누텐이, 다음엔 내가. 나는 크누텐이 기어올라 가는 것을 바라본 다음 기어오르기 시작한다. 우리는 다락 위에 올라선다. 우리는 청어 상자 두 개가 겹쳐 쌓여 있는 우리의 탁자를 쳐다본다. 양초 그루터기 둘이 탁자 위에 녹아내려 있다. 성냥 한 갑이 그 곁에 놓여 있다. 크누텐이 다가가 양초들 중 하나에 불을 붙인다. 이곳 다락에는 자연광도 비치는데, 그 빛은 지붕 아래 채광창으로 들어오고 있다. 그런데 크누텐이 몸을 뻣뻣하게 굳히더니, 얼어붙은 눈으로 나를 바라본다. 그러고는 손가락을 그의 입 앞에 대고 쉬잇, 하고 속삭인다. 나는 미동도 없이 서 있다. 아무것도 아닌가 봐, 라고 크누텐이 말한다. 근데 나 무슨 소리를 들은 것 같았거든, 하고 그가 말한다. 그러더니 크누텐은 청어 상자 두 개가 놓인 곳으로 다가가 그것들을 바라본다. 정말 탁자에 앉을 건 아니지, 그러지 마, 라고 내가 말한다. 그러나 크누텐은 아무 대답도 없이, 정면을 뚫어지게 바라본다. 그리하여 나도 걸어가 크누텐 곁에 앉는다. 우리 사이에 있는 양초 하나가 지글지글 타고 있고, 우리는 조용히 아무 말 없이 앉아 있다. 오늘은 운수 좋은 날이야, 라고 내가 말한다. 맞아, 쩔어, 라고 크누텐이 말한다. 내 생각에 우리 정말로 이 밴드를 결성하게 될 것 같아, 라고 내가 말한다. 그러자 크누텐이 고개를 끄덕인다. 내 생각도 그래, 라고 그가 말한다. 그런 다음 우리는 주머니에서 배를 꺼내 양초들과 같이 테이블 위에다 올려둔다. 이 위에 앉을 자리가 있어야 할 것 같아, 라고 내가 말한다. 내 생각이 그거야, 라고 크누텐이 말한다.

우린 종종 똑같은 걸 생각하는구나, 라고 내가 말한다. 크누텐이 고개를 끄덕인다. 그러고서 거의 동시에, 우리는 저기 밑에 낡은 후릿그물*과 빈 밀가루 포대가 있다는 사실을 떠올린다. 그러자 우리가 할 수 있는 일이 명확해진다. 소파를 만드는 것은 일도 아니다. 그런데 조용히 해봐, 라고 크누텐이 말한다. 그는 길 쪽에서 무언가 들렸다고 확신한다. 어쩌면 레이테의 스베이넨일지 모른다. 그는 아까 우리랑 얘기를 나눴고, 우리가 해변으로 걸어가는 것을 보았으니, 아마 크누텐이 길 쪽에서 들었던 것은 스베이넨의 기척이었을 것이다. 그가 뭔가 엿들었던 거야, 확실해, 라고 크누텐이 말했다. 레이테의 스베이넨은 자기 보트하우스를 쓰지 않아. 그렇지만 갑자기 그가 쓰려고 마음먹었다면, 하고 크누텐이 말한다. 그가 이리로 온다면, 그럼, 우린 대비를 해둬야지, 그러고서 우리는 그가 온 척하자고 했다. 그 말을 꺼낸 것은 크누텐이었고, 나는 동의했다. 그리하여, 우리는 지체하지 않고 벌떡 일어섰다. 그리고 크누텐은 빈 통이 있는 한쪽 구석으로 헐레벌떡 달려가 그것을 타고 넘어 들어갔고, 나는 그 끝에 청어 상자가 있는 다른 구석으로 달려가 그 뒤에 숨었다. 그러고서 우리는 아무도 움직이지 않았고, 아무도 말을 꺼내지 않았다. 나는 조금

* 강이나 바다에 넓게 둘러치고 여러 사람이 두 끝을 끌어당겨 물고기를 잡는 큰 그물.

오싹한 생각이 들었다. 누군가 사다리를 올라오는 소리가 들릴 것만 같았다. 잠시 뒤 나는 아무도 오지 않을 건가 봐, 하는 크누텐의 목소리를 들었다. 그리고 나는 그래, 아무도 안 오는 것 같아, 여긴 이 보트하우스만 덩그러니 서 있을 뿐인 걸, 하고 말했다. 그러고 나서 나는 숨었던 곳에서 빠져나왔고, 크누텐이 통에서 기어나오는 것을 보았다. 그는 먼지와 때에 찌들어 있었다. 크누텐은 나를 바라보더니, 쩐다, 라고 말했다. 통 안은 진짜 어두워, 라고 말했다. 그러고서 우리는 그 자리에 서서 서로를 바라본다. 한 번 더 내가 그를 바라보자 크누텐은 눈썹을 치켜세우더니, 가만히 서서 나를 바라본다. 그러나 잠시 뒤 그는 가볍게 고개를 젓고는, 결국 아무것도 아니었어, 오늘 난 아무 데서나 소리가 들리나 봐, 라고 그가 말한다. 그리고 나서 우리는 널빤지 바닥을 걸어간다. 걸음을 건자 그것은 우리 아래서 휘청거린다. 우리는 사다리로 다가가, 먼저 크누텐이, 다음으로 내가 타고 내려간다. 그렇게 우리는 다시 한번 어둠 속에 내려서는데, 크누텐이 양초 끄는 걸 잊었다고 말하고, 나는 고개를 끄덕인다. 그러나 크누텐이 문제없어, 우린 곧 다시 올라갈 거야, 라고 말한다. 그러고서 크누텐은 덧문을 연다. 그러자 네모난 광선이 먼지 낀 공기를 희미하게 가로지른다. 그 광선은 마이크 스탠드를 비추고, 크누텐과 나는 서로를 바라본다. 저기 서 있으니까 그럴싸한데, 쩔어, 라고 크누텐이 말하고, 나는 고개를 끄덕인다. 광선 한가운데에 마이크 스탠드가 서 있다. 마이크 스탠드가 선 바닥 옆에는 쇠톱이 놓여 있다. 한쪽 벽에는 청어 상자들 한 무더기가 기대어 세워져 있다. 다른 쪽 벽에는 낡고 반쯤 녹슨 조각배가 벽을 따라 엎어져 있다. 천장에서부터는 낡고 반쯤 썩은 면 후릿그물이 늘어뜨려져 있다. 빈 술병이 가득 담긴 상자 하나가 엎어진 배 곁의 벽에 기대 세워져 있다. 크누텐은 주위를 둘러보더니, 우리가 앉을 것을 만들려면 할 일은 분명해. 그리고 그게 우리가 해야 할 일이지. 우린 저 후릿그물을 조각조각 뜯어내야 해. 한 더미 전체를. 그러곤 조각낸 그물을 낡은 밀가루 포대들 중 하나에 채우는 거야, 라고 말한다. 크누텐이 나를 바라보자 나는 고개를 끄덕인다. 그러곤 우리는 지체 없이 우선 그물을 뜯기 시작한다. 뜯어내고 또 뜯어낸다. 뜯어낸 그물 조각들이 바닥에 무더기를 이루기 시작한다. 우리는 우선 한 무더기를 뜯어내고, 그걸 옮기고, 다시 뜯어내고, 또 옮기기로 한다. 우리는 계속해서 뜯어낸다. 그물에서 뜯어낸 조각들이 마이크 스탠드 옆 바닥에 쌓인다. 그러자 크누텐이 넌 찢고 있어, 내가 옮길게, 라고 말한다. 그러고서 크누텐은 내가 계속해서 뜯어내고 있는 동안 그물 조각들을 한 아름 안아 들고 다락으로 기어올라 간다. 먼지가 끔찍한 와중에, 바닥의 무더기는 점점 더 커진다. 마이크 스탠드는 열린 덧문 쪽에서 비치는 광선의 한가운데에 있다. 그 빛에 먼지가 아주 뚜렷하게 보인다. 나는 조각들을 더 뜯어내며, 마이크 스탠드를 흘깃 쳐다본다. 그런데 크누텐이 다시 내려와, 양초가 저절로 꺼졌어, 그것 참 희한하네, 라고 말한다. 그리고 크누텐은 몸을 앞으로 굽혀 새로운 조각 뭉치를 안아 들고 사다리 쪽으로 간다. 그러는 동안 나는 그물 조각들을 더 뜯어내며 마이크 스탠드를 바라본다. 크누텐이 내려오더니, 마이크 스탠드 앞쪽에 서서, 야, 쩔어, 저 마이크 스탠드 정말 딱이야, 쩐다구, 라고 말한다. 그러고 나서 그는 내 발아래에 있는 조각 무더기를 보더니, 이제 그만하면 됐어, 충분할 거야, 그것이 바로 그가 쓴 단어였다. 충분, 쓸 만한 소파를 만들기에 충분할 거야, 그러니 우린 밀가루 포대를 위로 옮겨야 해, 그물에서 뜯어낸 조각들을 쑤셔 넣어야 한다구, 라고 크누텐이 말한다. 그는 나를 바라보고, 나는 고개를 끄덕인다. 나는 그물에서 조각을 뜯어내는 일에 정말 진절머리가 나 있었으므로. 그래, 그거면 충분할 거야, 라고 말한다. 그러자 크누텐이 뜯어낸 그물 조각들을 안아 들고 나더러 밀가루 포대를 옮겨달라고 한다. 그러고 나서 우리는 다시 사다리를 기어오른다. 언제나처럼 크누텐이 앞서고, 내가 뒤를 따른다. 그리고 내가 위층에 올라서자 널빤지 바닥 위에 커다란 그물 조각 무더기가 보인다. 그러자 나는 우리가 정말 그물을 잔뜩 뜯어내긴

했구나, 라고 말하고, 크누텐은 고개를 끄덕인다. 잔뜩이야, 그래, 라고 말한다. 쓸 만한 소파가 될 거야, 라고 그가 말한다. 그러면서 무더기를 가리킨다. 그런데 그때 소리가 들린다. 이번에는 제대로 들린다. 의심할 여지 없이. 이번에는 누군가가 밖에서 걸어 다니고 있는 것이다. 의심의 여지가 없다. 나는 크누텐을 쳐다보고 그는 나를 쳐다본다. 우리는 얼어붙은 채 서로의 눈을 들여다보다가, 가만히 시선을 아래로 내리는데, 우리 둘 다 누군가가 무거운 발걸음으로 바깥쪽을 걸어 다니는 소리를 들을 수 있다. 그리고 누군가가 거친 음성으로 말하는 소리가 들린다. 레이테에 사는 스베이넨의 목소리로, 어째서 덧문이 열려 있는 건지, 참, 꽉 닫아 둬야겠군, 이라고 말한다. 크누텐과 나는 서로를 바라본다. 나는 크누텐의 턱이 약간 긴장되어 있고 낯빛이 조금 변한 것을 알아챈다. 그런데 그때 발이 풀숲을 헤치는 소리가 들리고, 가래를 뱉는 소리가 들린다. 그런 다음엔 덧문이 쾅 하고 벽에 부딪히는 소리가 들리고, 쇠붙이끼리 긁히는 소리가 들린다. 문고리가 잠기는 소리다. 나는 크누텐을 바라본다. 그가 온 힘을 다해 입을 꾹 닫고 있는 것이 보인다. 그리고 나서 레이테의 스베이넨이 혼잣말하는 소리가 들린다. 거 이상하네, 몇 년간 보트하우스에 오질 않아서, 마지막으로 온 게 언제인지 기억이 나질 않는군, 덧문은 어쩌다가 느슨해진 거겠지, 라고 그가 말한다.

그러고 나서 레이테의 스베이넨이 발을 끌며 멀어지는 소리가 들린다. 나는 크누텐을 쳐다본다. 그의 눈은 휘둥그레진 채 약간 젖어 있다. 그는 말없이 나를 바라보더니 똑바로 아래를 내려다본다. 그러자 나는 무언가 말을 꺼내야 한다는 것을 깨닫는다. 갑작스레 무슨 말을 해야 할지 떠오른다. 나는 크누텐을 바라보며, 크누텐, 괜찮을 거야. 우린 다른 문을 사용하면 돼. 그건 안쪽에서 열 수 있어. 거긴 빗장이 걸려 있는데, 그걸 풀기만 하면 돼. 정말이야 크누텐, 이라고 말한다. 배들을 끌어내는 곳에 이중문이 있잖아, 라고 내가 말한다. 그러자 크누텐이 고개를 들고는 고개를 끄덕인다. 똑똑해, 라고 그가 말한다. 아무렴, 이라고 그가 말한다. 그러고서 크누텐은 이미 사다리로 달려가는 길이다. 그가 내려가자 나는 몸을 돌려 양초가 꺼진 것을 확인한다. 그것은 꺼져 있다. 그러자 나도 사다리를 내려간다. 나는 우린 기다려야 돼. 레이테의 스베이넨은 발걸음이 그리 빠르질 않거든. 우리가 보트하우스 밖으로 나가는 걸 들키면 안 돼, 라고 말한다. 그리고 우리는 마이크 스탠드로 다가가 그 뒤에 자리를 잡고 똑바로 선다. 우리 정말로 이 밴드를 결성할 수 있을 것 같아, 라고 내가 말한다. 그러자 크누텐이 고개를 끄덕인다. 그런 다음 그가 나더러 쇠톱을 집에 가져가는 것을 까먹지 말라고 말하고, 나는 쇠톱을 주워 든다. 그러고 나서 우리는 이중문으로 걸어가, 문에 가로질러 놓인 빗장을 양쪽 끝에서 한쪽씩 붙들고 들어 올린다. 무겁다. 우린 다시 들어 올린다. 벽에다 어깨를 대고 힘껏 밀어 올린다. 빗장이 느슨해진다. 우리는 다시 들어 올린다. 이제 빗장이 받침대 밖으로 미끄러져 나오며 풀린다. 빗장을 들어내고 문을 열자 빛이 우리에게 쏟아져 내린다. 우리는 밖으로 향한다. 우리는 덧문을 다시 열기로 한다. 그리고 우리는 안으로 들어가 빗장을 이중문 뒤의 제자리에 걸어 두고, 덧문을 통해 밖으로 나온다. 우리는 그렇게 한다. 우리는 큰길로 걸어간다. 그리고 크누텐이 나 집에 가 봐야겠어, 록밴드에 대해서는 내일 학교에서 더 얘기하자, 우린 잘 해내고 있어, 난 정말 그렇다고 봐, 라고 말한다. 쓸 만한 마이크 스탠드랑 필요한 것들을 다 구했으니까, 라고 그가 말한다. 그리고 우린 청소년 센터에서 연습을 할 수도 있어, 처음엔 보트하우스에서 연습하게 될지도 모르지만 말이야, 라고 그가 말한다. 그러자 내가 좋아, 우리 내일 얘기하자, 라고 말하고, 그러자 크누텐이 알겠어, 라고 말한다. 내일, 우리 다시 보트하우스에 돌아가 보자, 라고 내가 말한다. 마이크 스탠드랑 소파를 한번 손보자구, 레이테의 스베이넨이 오는 바람에 그걸 완전히 까먹었어, 라고 내가 말한다. 그렇게 하자, 라고 크누텐이 말한다. 내일 그 일을 마무리하는 거야, 라고 크누텐이 말한다. 우린 배들도 거기 두고 왔어, 그치만 하룻밤 묵혀 두는 게 더 좋을 거야, 익을 테니까, 라고 내가 말한다. 그러고 나서 우리는 다시 작별 인사를 한다. 크누텐은 길가에 바짝 붙어 걸어가고, 나는 다른 쪽으로 걸어 집으로 향한다. 혹시 레이테의 스베이넨을 만나게 되는 게 아닐까 생각하지만, 그를 마주치지는 않는다. 나는 우리가 정말 좋은 밴드가 될 것이라는 생각이 든다. 나는 집으로 걸어간다. 지난여름 나는 크누텐과 다시 마주쳤다. 그는 음악교사가 되었고, 결혼했으며, 아이가 둘 있다. 그렇게 시작된 것이다. 내 삶에는 이룬 것이 별로 없고, 이제 나는 매일 저녁 이곳에 앉아 있다. 그리고 나는 두렵다. 불안이 엄습해 온다. 어째서 내가 이런 불안감에 시달리는지 모르겠다. 내가 글을 쓰는 것은 이 불안감 탓이다. 크누텐과 나, 우리는 함께 록밴드를 결성했다. 오래전 일이다. 지난여름 나는 크누텐과 다시 마주쳤다. 이 불안감이 엄습한 것은 그때였다. 나는 글을 쓰기로 결심했고, 이제 나는 매일, 매일 저녁 이곳에 앉아 글을 쓴다. 나는 서른이 넘었는데도 직장이 없고, 교육도 받지 않는다. 몇몇 무도회에서까지 연주하게 된 지역 록밴드는 이렇게 시작된 것이다. 나는 다만 이곳에 앉아 있다. 나는 두렵다. 왼팔이 쑤시고 손가락이 쑤신다. 지난여름 나는 크누텐과 다시 마주쳤다. 크누텐의 아내. 그녀의 눈. 청재킷. 나는 매일 저녁 이곳 오래된 하얀 집의 다락방에 앉아 있다. 아래층엔 거실과 부엌, 그리고 내 어머니가 잠을 자는 침실이 있고, 나는 여기 다락방에서 생활한다. 나는 더 이상 밖에 나가지 않는다. 그것이 내가 글을 쓰는 이유다. 다른 이유는 없다. 나는 왼팔과 손가락의 통증을 애써 무시한다. 지난여름 나는 크누텐과 다시 마주쳤다. 나는 크누텐이 동창이었던 누군가와 춤을 추는 것을 본다. 여러 해 동안 그를 보지 못했다. 그는 결혼했고, 아이가 둘 있다. 그는 음악교사가 되었다. 그리고 나는 내 삶에 이룬 것이 별로 없다. 크누텐은 떠났고, 내가 그를 쫓아가며 불렀지만, 그는 떠나 버렸다. 나는 다만 이곳에 앉아 있다. 아래층에서는 어머니가 바닥을 서성거리고 있다. 나는 내 삶에 이룬 것이 별로 없다. 크누텐과 나는 밴드를 결성하기로 마음먹었다. 자유 시간에 우리는 그렇게 하기로 했다. 우리는 다른 두 사람도 영입했다. 그렇게 시작된 것이다. 우리는 용케 악기와 장비를 마련했다. 크누텐은 떠나 버렸다. 나는 그의 뒷모습을 지켜보고 있었지만, 그는 떠나 버렸다. 지난여름 나는 크누텐과 다시 마주쳤다.

◇

어머니가 바닥을 서성거리는 소리가 들린다. 텔레비전 소리가 들린다. 나는 앉아서 글을 쓴다. 나는 더 이상 밖에 나가지 않는다. 나는 불안감을 느끼며 글을 쓴다. 나는 내 삶에 이룬 것이 별로 없다. 그리고 지난여름 나는 크누텐과 다시 마주쳤다. 그는 음악교사가 되었다. 크누텐의 아내. 내겐 특기할 만한 것이 별로 없다. 나는 실업자고, 수입이 없으며, 정말로 가진 것이 얼마 없다. 심지어 아주 고립된 작은 시골 마을에 산다. 내가 글을 쓰기 시작한 때부터 오랫동안 불안감에 시달려왔다. 이제 나는 매일 글을 쓴다. 불안감이 엄습한 것은 지난여름, 피오르에 나가 크누텐의 아내와 같이 낚시를 하던 때였다. 나는 여러 해 동안 보지 못했던 크누텐과 다시 마주쳤고, 그날 저녁, 화창하고 포근한 여름날 저녁 피오르에서 크누텐의 아내 역시 낚시 중이었다. 다가오는 선외 모터 소리가 들려왔고, 그것은 크누텐의 아내였다. 그녀가 모터를 멈추고 내 배 곁에 그녀의 배를 나란히 댄다. 그리고 나는 크누텐이 뭍에 서 있는 것을 발견한다. 적어도 나는 그를 본 것 같은데, 결국 그는 거기에 없었던 것일까, 나만 그를 보았다고 생각한 것일까, 모르겠다. 그러나 어쨌든 우리가 집으로 갈 때 그는 곳에 서서 우리를 부르고 있었다. 그것은 사실이다. 이제 시간이 늦어 어머니는 잠자리에 든다. 그녀는 나 이만 자러 간다. 너도 너무 늦게까지 앉아 있지 말거라, 라고 말했다. 나는 이곳에 앉아 글을 쓴다. 그리고 지난여름 나는 크누텐과 다시 마주쳤다. 우리는 늘 함께였다. 그러나 그것은 오래전 일로, 적어도 10년은 된 것이 분명하다. 크누텐은 음악교사가 되었고, 결혼했으며, 가족이 있다. 크누텐의 아내. 나는 그날 저녁 낚시를 다녀온 이후에도 그녀와 마주쳤다. 그것은 단지 우연이었다. 나는 저녁 산책을 할 셈으로 길을 따라 걷고 있었을 뿐이었다. 크누텐과 그의 가족이 휴가 동안 머무르는 집을 지나쳤다. 그곳엔 방마다 불이 켜져 있었다. 그것은 흔치 않은 일이었다. 크누텐의 어머니는 겨우내 대부분 부엌에서 시간을 보냈는데, 낡은 집이라 난방이 어려운 탓에 그녀는 부엌을 지키거나 아니면 집의 반대편 끝에 있는 침실에 틀어박히곤 했다. 이제는 온 집 안에 불이 켜져 있었다. 그때는 이른 저녁이었고, 나는 길을 따라 걸어가고 있었다. 나는 크누텐과 그의 가족이 휴가 동안 머무르는 집을 걸어서 지나쳤다. 한동안 외곽으로 걸었다가, 다시 몸을 돌려 내륙 쪽으로 걸었다. 그때 크누텐의 아내가 내 쪽으로 걸어오는 것을 발견한다. 그녀는 청재킷을 입고 있다. 나는 그저 계속해서 길을 따라 걷는다. 그녀가 나를 보고 손을 들며 웃음을 짓는다. 우리는 마주친다. 나는 걸음을 멈춘다. 그녀는 길가를 걷고 있다.

다시 만나 반갑네요. 그녀가 말한다.

그렇군요. 내가 말한다.

대구는 맛이 좋았어요.

그래요. 그랬을 테지요. 내가 말한다.

저녁 식사로 이렇게 맛 좋은 생선을 먹어본 지 오래 됐어요.

네.

생선을 그리 좋아하진 않는 모양이군요?

그다지.

그렇지만 낚시는 좋아하고요. 그녀가 말한다. 그리고 그녀는 날 보고 웃어 대더니 길가에 그냥 가만히 선다. 나는 지금 뭐라고 말을 꺼내야 할지 모르겠다.

그래, 그렇지 않은가요. 그녀가 말한다.

낚시는 재미있으니까요. 내가 말한다.

그녀는 웃는다. 나는 그냥 그 자리에 서 있다. 무슨 말을 꺼내야 할지 모르겠고, 손을 어째야 할지도 모르겠고, 어디를 봐야 할지도 모르겠다.

오늘 밤에도 낚시하러 갈 건가요? 그녀가 묻는다.

모르겠군요. 내가 말한다.

고려해 보세요. 그녀가 말한다. 그리고 그녀는 길가에 선 채 또다시 웃어 젖힌다. 그녀는 온몸으로 웃어 댄다.

우리가 낚시를 하러 갈 수도 있겠죠. 당신이랑 나 말예요. 그녀가 말한다.

그런가요. 내가 말한다.

크누텐 그 사람은 낚시엔 별 관심이 없어요.

그랬던 적이 없었죠. 내가 말한다.

그렇지만 당신은 한평생 낚시를 해왔고요?

나는 그녀를 바라본다.

그쵸? 그녀가 묻는다.

어쨌든 여름 동안에는.

그리고 당신은 생선을 먹지 않고요.

그게 목적은 아니죠.

목적은 피오르에 나가 있는 것인가 보군요.

나는 고개를 끄덕인다. 차가 오는 것이 눈에 들어오고, 여기 길가에 서서 크누텐의 아내와 이야기를 나누고 있는 것은 아마도 좋지 않을 것이라는 생각이 떠오른다. 그런데 그녀가 여긴 차가 제법 지나다니는군요. 마을이 너무 고립되어 있어서 교통량이 많지 않을 거라 생각했는데, 거의 항상 도로에 차가 있어요, 라고 말한다. 길가에 서 있는 그녀의 눈, 그녀의 청재 킷, 그녀가 웃는다. 그녀가 어제랑은 조금 다른 것 같다고 나는 생각한다. 그녀는 거의 다른 사람인 것 같다. 이번에 그녀를 세 번째로 보는 것인데, 지금 그녀는 처음 그녀를 만났을 때와는 전혀 다른 사람처럼 보인다. 저기, 도로에서 조금 떨어진, 보트하우스의 바로 맞은편, 크누텐과 내가 어렸을 적에 자주 놀고는 했던 곳, 그곳에서 그녀는 예전 그 시절에 우리가 연주했던 악단이 음반 하나 내지 않은 것은 아쉽다고 말하며 내게 조심스럽게 악수를 청했다. 그리고 피오르에 나가

서도, 어땠는지는 설명하기 어렵지만 그녀는 달랐다. 그리고 지금, 길가에 서 있는 그녀는 무언가 또 다른 것이 있다. 그녀는 길가에 서서 작고 약간 통통한 몸으로, 굵고 검은 머리로, 그녀의 눈으로 웃어 젖히고 있다. 그리고 그녀는 우리가 함께 낚시를 갈 수 있는지 묻는다. 그 자리엔 차 한 대만 지나가는 게 아니라 그 뒤에 차 두 대가 또 지나간다. 그리고 우리는 길가에 나란히 선다. 차들이 지나간다. 그녀가 도로로 걸어 들어간다.

저기, 크누텐은, 내가 말한다.

그이는 애들을 재우고 있어요, 그녀가 말한다.

나는 고개를 끄덕인다.

가서 크누텐한테 인사하실래요.

나는 주저하며 대답을 하지 못한다. 크누텐과 내가 서로를 마주한 지도 오래되었고, 우리는 정말 서로에게 꺼낼 이야기가 없다. 이제껏 아무런 얘깃거리도 찾아내지 못했다. 아주 오래전 일이고 여러 해가 흘렀다. 그는 음악교사가 되었고, 결혼했으며, 휴가를 맞아 두 딸을 데리고 여기에 와 있다. 그리고 나는 이곳을 벗어나는 일도, 하는 일도 없이 다만 머물러 있었다. 그런데 크누텐의 아내가, 그녀가 저기 서서 크누텐에게 인사하러 들어갈 것인지 묻는다. 크누텐. 나는 길가에 서 있다.

당연히 오실 테죠, 그녀가 말한다.

아마도요. 내가 말한다.

아뇨. 꼭이요. 그녀가 말한다.

지금 집에 가십니까? 내가 묻는다.

네.

그런데―

난 그냥 잠깐 바람 쐬러 나온 길이었어요. 그녀가 말한다.

그렇군요. 그럼 들러야겠군요.

크누텐이 기뻐할 거예요. 그녀가 말한다. 그리고 그녀는
이미 길을 따라 걸어가고 있다. 그녀는 내 앞쪽에서 걸어간
다. 그리 멀리 걷지 않아 우리는 크누텐의 집으로 가는 길목
에 이른다. 우리는 큰길을 따라 걸으며 그녀가 앞서고, 내가
조금 뒤에서 따라간다. 크누텐과 나는 늘 이런 식으로 자전거
를 타고는 했다. 그가 앞서고, 내가 조금 뒤에서 따른다. 그러
다가 그는 길을 꺾어, 주위를 돌아보며, 페달 위에 몸을 세우
고, 언덕을 올라가는 것이다. 그리고 몸을 돌려 이따 보자 또
는 곧 보자, 라고 외친다. 연습하러 보트하우스에서 보자, 보
자. 우리는 늘 서로 만나기로 했다. 그리고 지금은 크누텐의
아내가 크누텐의 집으로 길을 걸어 올라가고 있다. 그녀는 나
보다 조금 앞에서 걷는다. 화창하고 밝고 멋진 여름날 저녁이
다. 그리고 나는 조금 겁을 집어먹은 듯이 그녀를 따라간다.
나는 크누텐과 같은 방에 앉아 있는 것이 두렵다. 난 무슨 말

을 해야 할지 모를 것이다. 무슨 말을 할지 알았던 적도 없다. 이젠 나도 모르겠다. 그리고 그녀는 이미 길을 따라 걸어가고 있다. 그녀는 내 앞쪽에서 걸어간다. 그리 멀리 걷지 않아 우리는 크누텐의 집으로 가는 길목에 이른다. 우리는 큰길을 따라 걸으며 그녀가 앞서고, 내가 조금 뒤에서 따라간다. 크누텐과 나는 늘 이런 식으로 자전거를 타고는 했다. 그가 앞서고, 내가 조금 뒤에서 따른다. 그러다가 그는 길을 꺾어, 주위를 돌아보며, 페달 위에 몸을 세우고, 언덕을 올라가는 것이다. 그리고 몸을 돌려 이따 보자 또는 곧 보자라고 외친다. 연습하러 보트하우스에서 보자. 보자, 우리는 늘 서로를 만나기로 했다. 그리고 지금은 크누텐의 아내가 크누텐의 집으로 길을 걸어 올라가고 있다. 그녀는 나보다 조금 앞에서 걷는다. 화창하고 밝고 멋진 여름날 저녁이다. 그리고 나는 조금 겁을 집어먹은 듯이 그녀를 따라간다. 나는 크누텐과 같은 방에 앉아 있는다는 것이 두렵다. 난 무슨 말을 꺼내야 할지 모를 것이다. 알았던 적도 없다. 지금도 역시 모르겠다. 크누텐의 아내 뒤에서, 그녀의 조금 뒤에서 걸어간다. 그녀의 뒤에서 걸어가는 것은 어쨌든 내가 말을 하지 않을 것임을 그녀가 아는 까닭이다. 나는 예, 아니오, 아마도요, 라고 하며 그냥 걷고 있다. 말할 것이 없으니 나는 말을 꺼내지 않는다. 말할 것이 있어 본 적도 없다. 늘 무언가 이상한 느낌을 가지고 있지만, 대개는 염두에 둔 적이 없어서 할 말이 없는 것이다. 얘기할 거리가 없다. 단지 이 이상한 느낌. 그리고 이것은 늘 변한다. 그러니 이에 관해서는 말을 할 수도 없는 것이다. 크누텐의 아내는 현관으로 향하는 계단을 걸어 올라간다. 나는 종종 이 현관에 서 있었다. 이 계단을 걸어 올라가고, 문을 두드리고, 크누텐이 있냐고 물어본 횟수를 일일이 헤아릴 수도 없다. 그의 어머니나 아버지 아니면 누나들이나 형들 중 한 명이 문을 열어 주면 크누텐이 집에 있는지 물어봤다. 크누텐이 열었을 것이다. 대개 크누텐이었다. 일종의 규칙처럼, 내가 가면 맞이하는 것은 크누텐이었다. 우리는 그날 일찍 또는 전날에 그것을 정해 두었던 것이다. 그는 문을 열고서 그 자리에 서 있곤 했다. 그러고 나면 이제 무언가가 벌어지는 것이다. 자연스럽게. 지체 없이. 이야기를 나눌 거리는 늘 있었다. 대화는 그칠 줄을 몰랐다. 크누텐의 아내가 문을 열고 복도로 걸어간다. 문은 열려 있고, 나는 뒤를 따른다. 현관에서 몸을 구부리고 구두끈을 푸는데, 크누텐의 딸아이들 중 하나가 계단으로 달려 내려오며 엄마를 부른다. 벌써 오셨어요. 더 오래 밖에 계실 줄 알았는데. 여자아이의 말투에는 어딘가 이상한 점이 있다. 마치 조금 겁을 먹고 있거나 겁을 먹고 있었던 듯하다. 아마도 그런 것은 아닐 테지만, 내가 신발을 벗고 복도로 들어가는 동안 그 여자아이는 제 엄마 곁에 딱 달라붙어 있다.

누굴 데려왔는지 보렴, 그녀가 여자아이에게 말한다.

어제 만난 아저씨네요, 여자아이가 말한다.

어제 봤던, 조금 더 어린 다른 여자아이도 계단을 달려 내려온다. 그렇지만 그 아이는 조심스럽게, 난간을 붙잡고서, 한 걸음 한 걸음 주의 깊게 계단을 밟아 내려온다. 나는 크누텐의 집 복도에 서 있다. 나는 내 팔과 손을 어찌 해야 할지, 어디로 몸을 움직여야 할 줄도 모르고, 그저 그 자리에 우두커니 서 있다. 그런데 크누텐의 아내가 크누텐을 부르는 소리가 들린다. 그러자 그가 대답한다. 대답하는 소리는 위층에서 들려온다. 그가 무슨 일이야, 난 한시도 쉴 틈이 없는 건가, 라고 대답한다. 그러자 그녀가 내려와 보라고, 손님이 왔어, 라고 말한다. 그러자 조금 뒤 계단을 내려오는 크누텐의 모습이 보인다. 잠이 들었던 듯 그의 머리는 부스스해져 있고, 낡은 슬리퍼를 신고 있다. 신발을 벗었지만 아직 재킷을 걸친 채 복도에 서 있는 나를 보자 그는 눈을 깜박이며 미소를 짓다가, 셔츠 한쪽 자락을 바지 안으로 쑤셔 넣는다.

만나서 반갑군, 그가 말한다.

나는 그저 우두커니 그 자리에 서 있다.

내가 저 사람을 길에서 주워 왔어, 그녀가 크누텐에게 몸을 돌리며 말한다.

나는 코웃음을 친다.

그녀는 자기가 원하는 걸 알고 있지, 크누텐이 자기 아내에게 고개를 끄덕이다가 내게로 몸을 돌리며 말한다. 내가 우두커니 서 있는데, 크누텐의 아내가 재킷을 벗을 것인지 묻고 나는 고개를 끄덕이며 재킷을 벗는다. 그녀는 옷걸이를 들고 다가와 내게서 재킷을 받아 든다. 현관에 서 있으면서 나는 크누텐의 집에서 나던 오래된 냄새를 알아챈다. 그 냄새가 아직 남아 있다. 특별한 냄새. 다른 집에서는 크누텐의 집에서 나는 냄새를 맡아 보지 못했다. 같은 사람이 오랫동안 살아온 집들은 모두 나름의 독특한 냄새를 품게 된다고 하던데, 크누텐의 집에는 이 냄새가 있다. 여러 해 동안 내가 매일같이 느꼈던 냄새다. 그런데 지금은, 내가 크누텐을 본 지도 10년이 흘렀다. 그리고 내가 이 집에 방문하지 않은 지도 대략 15년은 되었다. 크누텐이 집을 떠난 이후로, 그가 고등학교에 진학한 이후로 나는 그의 집에 가는 것을 그만두었다. 물론 그가 집에 돌아오면 우리는 함께 연습하고 밴드 활동을 했지만, 내가 그의 집에 가는 것은 그만두었다. 그런데 지금, 오랜만에, 분명 15년 만에, 크누텐의 집 복도에 내가 서 있는 것이다. 그리고 크누텐이 그의 방이 있는 다락으로 이어지는 계단 꼭대기에 서 있다. 나는 크누텐이 계단에 서 있는 것을 바라본다. 그도 역시 어제와는 사뭇 다른 것이 느껴진다. 모든 것이 변한 듯하다. 그 모든 세월이 흐른 다음 길모퉁이를 돌아 다가

오는 그를 길에서 우연히 다시 마주쳤을 때의 크누텐은 한 사람인 듯했다. 그런데 곳에 서 있을 때의 그는 전혀 다른 사람이었다. 무슨 말인지도 기억이 나지 않지만, 그가 내게 뭔가를 말했을 때 그의 아내는 그더러 짓궂다고 말했다. 그리고 지금 그가 저기 계단 위에 서 있다. 예전의 그와 거의 다름없는 모습으로. 그가 내게 들어오라고, 거실 안으로 들어오라고 말하며 앞장서고, 그의 아내가 뒤를 따른다. 내가 그 자리에 남아 서 있는데, 두 여자아이도 남아서 어쩌면 약간 수줍은 듯이 나를 바라보고, 서로를 바라본다. 그 아이들의 표정은 약간 겁을 집어먹은 듯도 싶다. 나는 복도에 남아 서 있다.

들어오라니까. 크누텐이 말한다.

여기 와 본 게 오랜만이라서 말이야. 내가 말한다.

10년, 15년인가. 크누텐이 말한다.

왜 안 들어오죠. 크누텐의 아내가 거실에서 부른다.

들어오고 있어. 거실에서 크누텐이 그의 아내에게 말한다. 그리고 다시 한번 나는 그의 목소리가 어딘가 예전 같지 않게 이질적인 것을 알아챈다. 크누텐이 그의 아내에게 내가, 내가 들어오고 있다고 말한 탓일까. 그러는 그의 속뜻이 무엇인지 나는 잘 이해하지 못하겠다. 내가 복도에 남아 서 있는데, 부엌문이 열리기 시작하더니 크누텐의 어머니가 문틈으로 머리를 내민다. 그런 다음 문이 완전히 열리며 크누텐의 어머니가 복도를 넓게 차지하고 서서 손뼉을 친다. 그녀는 손뼉을 치고 웃음을 지으며, 아니 이게 무슨 일이야, 혹시 아닌가, 맞아, 맞구나, 라고 말한다. 부엌으로 통하는 문 앞에 서서 발을 동동 구르며 오랜만이로구나. 이 집에서 널 보는 게 정말 오랜만이야. 그래, 라고 말한다. 예전에 네가 마지막으로 여기 와 있던 그때 크누텐은 고작 자그마한 남자아이였지. 라고 그녀가 말한다. 어머니도 거실로 들어오셔야겠는데요. 라고 거실에서 크누텐이 외친다. 그의 어머니는 부엌문에서 내게 눈을 깜박이고 입을 삐죽이더니, 나더러 거실로 들어가 보라고 이야기한다. 나는 걸음을 떼어 바닥을 가로질러 거실로 향한다. 주위를 돌아보니 모든 것이 늘 그래 왔던 그대로다. 크누텐은 창가의 의자에 앉아 창틀에 팔꿈치를 괴고 있다. 크누텐의 머리는 부스스하다. 그는 창문 밖을 바라보고 있다. 그의 아내는 소파의 한가운데에 앉아 있다. 크누텐의 집 거실 안은 모든 것이 내가 기억하는 그대로다. 벽에는 크누텐의 부모님 결혼사진이 그대로 걸려 있고, 장밋빛 궤짝에, 식탁에, 복잡한 나무 장식으로 꾸며진 크고 무거운 목재 찬장까지 그대로다. 그 나무 장식들은 크누텐의 할아버지가 만든 것이다. 실은 목재 찬장과 식탁도 그가 만들었다. 나는 그것들을 잘 기억한다. 누가 말해 준 것인지는 기억나지 않지만, 아마 분명 크누텐의 어머니였을 것이다. 그리고 붉은색과 오렌지색 덮개를 씌운 소파도 그대로고, 안락의자들, 낡고 커다란 라디오도 그대로다. 분명 이 거실을 기억하고 있을 거라는 크누텐의 말에 나는 맞아, 여긴 변한 게 없군, 모든 게 다 꼭 예전 그대로야, 라고 말한다. 그러자 크누텐이 그게 우리 어머니 방식이지, 어쩔 도리가 없어, 어머닌 모든 걸 예전 그대로 두는 걸 좋아하셔서, 아무것도 바꾸려 하지 않으실 거야, 라고 말한다.

멋지고 아늑한 걸 뭐, 크누텐의 아내가 말한다.

그녀가 나를 바라보는데, 나는 무슨 말을 해야 할지 모르겠다.

앉지 그래, 크누텐이 말한다.

나는 비어 있는 안락의자에 앉는다. 그것은 거의 방 한가운데의 둥근 탁자 곁에 자리해 있다. 왼쪽 벽을 따라 소파가 놓여 있고, 크누텐의 아내가 그곳에 앉아 있다. 그리고 크누텐은 내 앞쪽, 창가의 의자에 앉아 있다. 이제 자리에 앉았으니 내가 무언가 말을 꺼내야 할 테지만, 그저 자리에 앉아 있을 뿐 꺼낼 말이 없다. 빌어먹을, 멍청하게 큰길을 따라 산책을 하다니, 여기까지 따라와 버리다니, 크누텐과 내가 함께 지냈던 건 아주 오래전, 정말로 오래전 일이다. 우린 서로 꺼낼 말이 아무것도 없고, 크누텐은 날 다시 만나게 될까 두려웠을 터다. 그렇지만 그와 그의 가족은 어디에선가 휴가를 보내야 했고, 여기, 이 마을은 휴가를 보내기에 싸고 수월하다. 비용이 적게 들고, 아이들에게도 안전하다. 다만 오랜 친구들을 만나야 하는 문제가 있다. 일찍이 그가 알던 사람들, 더 이상 아무런 공통점이 없는 사람들, 그 스스로 지워 버렸던 사람들, 어린 날의 추억을 떠올릴 때나 더 좋을 사람들, 그리고 그것이, 그것이 정확히 내가 느끼는 감정이다. 그런 것이다. 나는 꺼낼 말이 없다. 그저 앉아 있을 뿐이다.

이 동네가 마음에 드나, 크누텐이 말한다.

나쁘진 않아.

지루하진 않던가?

알다시피, 나야 늘 여기서 살았으니.

그래도 심심할 순 있을 텐데요? 크누텐의 아내가 말한다.

가끔은요.

누구 얼굴 보는 사람은 있나? 크누텐이 말한다.

가끔은, 내가 말한다.

누구?

뭐, 대체로 토르셸이지, 교사인 그 사람, 나랑 연주하거든.

그래, 말했었지, 크누텐이 말한다, 또다시 나는 이해가 되질 않는다, 내가 그에게 말을 했던가, 그에게 말했는지 기억이 나질 않는다, 어제 길에서 크누텐과 그의 가족을 처음으로 만났던 때였나, 말을 했던 모양인데, 나는 모르겠다, 그런데 크누텐의 아내가 자기는 무도회에 가고 싶다고 말하며 우리들 뜻을 묻는다, 그게 이번 토요일이었죠, 벌써 내일이에요,

그쵸, 라고 그녀가 말하고, 나는 고개를 끄덕인다. 나는 내가 이미 말해 준 것을 크누텐이 왜 언급하는 것인지 이해가 되질 않고 있는데, 그의 아내는 무도회에 가고 싶다고 하며 우리들 뜻을 묻고 있다. 무도회에 가고 싶다고 하는데, 크누텐은 몸을 돌린 채 아무 말이 없다. 그리고 나는 안락의자에 앉아 있다. 그런데 그때 복도에서 환호성과 웃음소리가 나더니, 크누텐이 벌떡 일어서서 복도로 달려간다. 그러자 잠잠해지고, 크누텐이 다시 거실로 돌아와 문간에 선다. 그는 이번엔 다른 사람이 애들을 재울 차례야, 라고 말한다. 그러자 그의 아내가 당신이 애들을 재우면 애들은 잠을 설치고 당신 혼자만 잠이 들지, 라고 말한다. 그러자 크누텐이 지금은 당신이 애들을 재울 차례야, 어쨌든 오늘 밤은 당신이었잖아, 라고 말한다. 그러자 크누텐의 아내가 몸을 일으키더니, 내게 미소를 짓고는, 체념하듯 어깨를 으쓱이고서, 크누텐에게 눈길도 주지 않고 문을 나선다. 그러다 몸을 돌리더니 그럼 재밌는 시간들 보내요. 난 애들을 재워야겠어요. 그게 내 일이로군요. 그렇죠. 애들이나 재워야겠어요. 라고 말한다. 그러자 크누텐이 가서 문을 닫는다. 크누텐은 소파로 걸어가 앉는다.

이러고 살아, 그가 말한다.

그래, 우리가 마지막으로 얘기를 나눈 지도 오래되었지, 내가 말한다.

세월이 빨리 흘렀어.

정말 믿기지 않아.

그렇지만 자넨 가족을 얻었군.

어떤지 보이지.

그래, 내가 말하자 고요함이, 괴괴한 고요함이 한동안
흐른다. 아무도 말을 하지 않고 아주 조용해진다. 온 집 안 전
체가 조용하고, 고요하다. 우리는 침묵 속에 앉아 있다. 그러
다 내가 창문 밖, 큰길 아래쪽의 피오르를 내려다본다. 나는
일어나 창가로 다가가 아래쪽의 피오르를, 피오르 안쪽 깊숙
이 자리한 만을, 그 만 바로 위쪽의 내가 사는 하얀 집을 내려
다본다. 나는 그곳에 정박된 조각배, 나무배, 플라스틱 배 한
두 척, 선외 모터가 달린 배들을 바라본다. 나는 창가 앞에 서
서 크누텐의 집 아래쪽의 만을 내려다보고 있다. 길 반대편에
는 딱 한 척의 배가 있는데, 크누텐의 아내가 어제 사용했던
바로 그것이다. 그녀가 이웃집의 배를 빌렸던 것이 틀림없다
고 나는 생각한다. 소파 위에 앉아 있던 크누텐이 몸을 일으
켜 다가와 내 곁에 서더니, 창문 밖을 내다본다.

경치 좋지, 크누텐이 말한다.

우리는 서서 창문 밖을 내다본다.

낚시는 자주 가나? 크누텐이 묻는데, 그의 목소리 안에
무언가가 있다. 무엇인지 모를 무언가가, 그의 목소리 안에 있

는 무언가가 들린다. 그 안엔 무언가가 있다. 그럴 때가 있지, 자주는 아니야, 그렇지만 낚시를 하러 갈 때가 있어. 난 피오르에 나가 있는 걸 좋아해, 특히 여름엔 피오르에 나가 있는 걸 즐기지, 연중에 낚시를 나가는 것은 여름뿐이야, 그건 단지 낚시를 하는 게 아니고, 그걸 뭐라 부를지는 잘 모르겠지만, 난 그러는 게 좋아, 피오르에 나가 있는 시간을 즐겨, 그러자 크누텐이 난 그런 적이 없는데, 내가 어렸을 적 이후로 피오르에 나가 있는 걸 좋아했던 적은 없어, 어째서인지는 모르겠지만, 그렇더군, 그러고서 우리는 그 자리에, 크누텐의 집 거실에 서 있다, 크누텐의 아내는 그들의 두 딸아이를 재우러 가 있고, 크누텐과 나는 거실에서 큰길에 면한 창가 앞에 서 있다, 집은 조용하다, 그런데 크누텐이 나한테 술이 좀 있거든, 조촐한 파티를 열면 어떨까, 안 될 이유는 없을 것 같은데, 라고 말한다, 그거 좋지, 라고 내가 말한다, 그러자 크누텐이 위스키 한 병, 각얼음, 물, 유리컵 두 개를 가져오더니 술을 따른다, 우리는 창가 앞에 앉는다, 그는 늘 거실 창가 앞에 자리해 있는 의자에 앉고, 나는 안락의자를 창가로 옮긴다, 우리들 사이의 바닥에는 물병 하나와 각얼음, 위스키 한 병이 있다, 우리는 조용히 앉아 창밖을 바라본다, 우리는 피오르를 내려다본다, 우리는 위스키를 마신다, 날이 점점 어두워지자 크누텐이 거실에 불을 켠다, 크누텐에게 그의 아내가 자리 간 것인지 묻자 그는 아마 아닐 거야, 단지 애들을 재우는 데 시간이 좀 걸리는 것뿐이지, 애들이 여름휴가 동안 늦게 잠드는데 익숙해졌어. 아내는 곧 내려올 거야, 라고 말한다. 그러다가 크누텐이 내게 어찌 지내는지 묻고, 나는 그럭저럭 지낸다고 말한다.

그런데 여자와 지냈던 적은 없나, 그가 말한다.

실은 그래, 내가 말한다.

그럼, 이제 만날 때가 된 것 같은데.

나는 대답하지 않는다. 그의 목소리 안에 있는 무언가를 알아차릴 수 있을 듯한 느낌이 든다. 그게 무엇인지는 모르겠지만, 그의 목소리 안에 무언가 있음이 느껴진다.

그녀도 낚시를 좋아해, 아내 말이야, 그가 말한다.

그렇군, 내가 말한다.

그럼 둘이 피오르에서 만나면 되겠는걸, 그가 말한다.

자네도 함께 가지.

낚시엔 별 관심이 없어.

그래도 어찌 됐든 피오르에 나가 보면 좋을 텐데.

그다지 좋아한 적이 없어서. 그러고 보니 자네 여행을 좋아하지 않는다며, 아내가 그러는데—

맞아, 좋아하지 않아.

그렇지만 낚시는 좋아하고—

뭐, 그렇지.

그렇군. 알겠어.

지금도 연주하나, 내가 묻는다.

잠깐씩은. 다른 과목들도 약간씩 가르치긴 하지만, 난 음악교사니까. 그렇지만 딱히 내 스스로 연주를 하는 경우는 그다지 없군.

나도 점점 더 연주를 안 하게 돼.

이젠 민속춤마당*에서만인가.

대부분은, 그걸로 돈을 조금 벌 수 있거든.

자네 직장은 안 다니나?

나는 고개를 젓는다.

다닌 적도 없고?

고정직은 없었지. 다니더라도 길진 않았어. 내가 그만두게 되더군.

어째서?

모르겠어. 그냥 그렇게 되더군.

일하기가 싫은 건가?

맞아—

아예?

---

* gammaldans. 19세기 후반에 유행한 북유럽 민속무용. 두 명씩 짝 지어 원을 그리며 추는 일종의 사교댄스로, 지금도 북유럽 공립학교에서는 교습을 실시한다.

어쨌든 고정직은 그래.

그러면 교육은 어떤가, 내 말은, 이렇게 빈둥거릴 수만은 없잖나?

안 받아—

전혀?

책은 많이 읽어, 그렇지만—

책을 많이 읽는다고?

나는 고개를 끄덕인다. 그러자 크누텐은 내게 위스키를 따라 주고 자기 잔도 채운다. 그런데 계단을 내려오는 소리가 들린다.

이제 아내가 오는군, 크누텐이 말한다.

자네 결혼한 지 여러 해 됐지? 내가 묻는다.

그러자 크누텐이 우리가 결혼을 한 건 그렇게 오래되지 않았어, 처음에 우린 동거를 했지, 우리가 결혼한 건 둘째가 태어난 다음이야, 라고 대답한다. 나는 크누텐이 조금 불안해하는 것을 알아챈다. 그는 잔을 비우고, 한 잔 더 따른다. 내 잔을 보니 거의 가득 차 있다. 그런데 그의 아내가 거실로 들어오며, 남자분들께선 여기서 한잔들 하고 계셨군요. 이제 애들이 잠들었어요. 라고 말한다. 지금 와인 한 잔 마시면 딱 좋겠네요. 난 위스킨 안 마셔요. 그렇지만 와인 한 잔이면 딱 좋겠어요. 라고 그녀가 말한다. 그러자 크누텐이 집에 와인은 많이 있어, 라고 말한다. 그러자 그녀가 응, 알아, 라고 말한다. 나

와인 한 병 가지러 다녀올게, 라고 그녀가 말한다. 그러자 크누텐이 술을 따라 잔을 채우고, 마신다.

자, 한잔해, 그가 말한다.

난 그리 자주 마시진 않아, 내가 말한다.

그래, 자네가 술을 같이 마실 사람이 많진 않을 테지. 가장 가까운 주류점도 멀리 떨어져 있고. 시내엔 자주 가나?

거의 안 가.

집에 붙어 있는 거로구만.

나는 고개를 끄덕인다. 그리고 크누텐의 아내가 거실로 들어온다. 그녀는 와인 한 병과 유리잔 하나를 들고 있다. 마땅한 잔이 없네, 라고 그녀가 말한다. 이 유리잔들뿐이야. 그치만 이걸로도 마실 순 있지, 와인만 좋다면야, 라고 그녀가 말한다. 그러더니 그녀는 소파에 앉아 다리를 벌리고, 다리 사이 바닥에 와인병을 놓고서, 코르크 따개를 코르크에 집어넣고 돌리다가 당긴다. 그녀가 있는 힘껏 당기고 있는데, 크누텐과 내가 앉아서 그녀를 지켜본다. 그러다 크누텐이 도와줄까, 라고 묻자 그녀가 아냐, 새삼스럽게 무슨, 당신은 대개 도와주는 일엔 관심이 없었잖아, 나도 도움받는 일엔 관심 없어, 내가 해낼 수 있어, 라고 그녀가 말한다. 그러자 크누텐이 좋아, 그럼 나야 좋지 뭐, 당신이 도움을 바라지 않는다면야, 나야 좋지. 나는 무슨 말을 해야 할지 모르겠다. 나는 위스키를 마신다. 그녀를 보자, 소파에 앉아 다리를 벌리고, 와인병을 바닥에 세우고서, 코르크 따개를 잡아당기고 있다. 나는 일어나 그녀에게 다가가, 코르크 따개와 병을 받아 들고, 소파에 앉아 허벅지 사이에 병을 끼우고서 잡아당긴다. 나는 마개를 뽑은 와인병을 협탁 위에다 두고 창가 곁의 안락의자로 돌아가 앉는다.

잘했군, 크누텐이 말한다.

당신 봤지, 크누텐의 아내가 말한다.

그래, 봤어, 크누텐이 말한다.

나는 위스키를 마신다.

왜 그랬나? 크누텐이 묻는다.

특별한 이유는 없어, 내가 말한다.

내 아내가 자네 마음에 들어서인가, 그가 말한다.

뭐, 아마도, 내가 말한다.

당신 들었어, 이 친구가 당신이 맘에 든대, 내 아내가 맘에 든다는군, 크누텐이 그녀에게 몸을 돌리며 말한다.

적어도 당신은 안 그런 모양이네, 그녀가 말한다.

당신도 이 친구가 맘에 들지 싶은데, 크누텐이 말하고는 잔을 비우고, 자기 잔을 채우고서 내게도 한 잔 따른다.

물론 맘에 들어, 그녀가 말한다.

그런 줄 이미 어제 내 눈으로 확인했지, 그가 말한다.

작은 섬에서 이 사람을 유혹하려고 했어.

나도 그렇게 생각했어.

그게 당신이 유일하게 생각하는 거잖아.

뭐가?

다른 남자들이 나랑 떡 치는 거.

이봐, 그쯤 하지 그래.

그만할게, 그녀가 말한다. 그러고서 그녀는 몸을 일으켜, 잔을 들고 몇 걸음 걸어가다 멈추고는, 우리 음악이나 듣자, 이런 이야긴 아무 의미도 없고 매일 밤 반복되는 헛소리일 뿐이야, 라고 말한다. 아무런 의미도 없어, 라고 그녀가 말한다. 그러고서 그녀는 잔을 몸 앞에 들고 바닥 가운데에 선다. 그러자 크누텐이 몸을 돌리기 전에 그녀를 한번 바라보더니 다시 창밖을 내다보고, 나 역시 창밖을 내다본다. 바깥이 점점 더 어두워진다. 깜깜한 것은 아니지만, 이미 저녁이 다가오고 있는 것을 알아차릴 만큼 어두워지고 있다. 나는 이 집에 와서는 안 됐다. 어째서 그녀가 오자고 했는지 이해가 안 된다. 단지 크누텐을 들볶기 위해서였을지 모른다. 그녀는 크누텐이 나를 비롯해 어린 시절 친구들을 다시 만날 생각에 겁을 내는 것을 알고 있었으니까, 그것이 그녀가 내게 이곳에 오자고 했던 이유일 것이다. 그렇지 않고서야 어째서 그녀가 날 오라고 청한 것인지 이해가 되질 않는다. 크누텐은 저기 앉아 창밖을 보고 있고, 그녀는 바닥에 서서 와인을 마시고 있다. 나와 크누텐은 앉아서 위스키를 마신다. 그만 가야 하는데, 자리를 뜨기가 어렵다. 가야겠다는 말을 꺼내기가 어렵다. 내가 머물러 있어야 할까. 나는 그저 길을 따라 걷고 있었을 뿐이었다. 그리고 그녀는, 분명 그러했을 터다. 그녀는 길을 따라 걷는 나를 보았고, 그래서 나를 따라와 붙잡고 데려온 것이다. 그리고 어제 피오르에서, 크누텐의 집 아래의 만을 선회했을 때도 그녀는 날 보았고, 작은 섬 쪽으로 배를 몰아가는 것을 보았던 것이다. 그리고 그녀는 나를 따라와 날 찾아냈던 것이다. 내가 그녀의 눈 외에는 아무것도 볼 수 없었을 때, 그것은 내가 다른 무엇을 보는 것을 그녀가 원치 않았기 때문이었다. 어쩌면 그녀는 크누텐에게도 말했을지 모른다. 당신 친구가 낚시를 가는 모양이라고, 그랑 얘기 나눠 보고 싶다고. 그런 다음 그녀는 이웃집에 가 그 집 배를 빌렸을 것이다. 배를 빌려도 될까요, 저는 크누텐의 아내 되는 사람인데, 실은 휴가를 맞아 두 딸을 데리고 여기 처음으로 왔거든요, 하고 물었을 것이다. 그렇게 된 것이 틀림없다. 나는 크누텐의 집 거실에 앉아 있다. 그의 아내는 아직도 바닥에 서 있고, 어떤 음악도 틀지 않는다. 그저 틀자는 말을 했을 뿐이고, 틀지도 않고 있다. 그녀는 그저 자기 와인잔을 들고 그 자리에 서 있다. 크누텐이 자기 손으로 한 잔을 더 따른다. 나는 그만 가 봐야 할 것 같은데, 너무 늦었어, 라고 말한다, 그러자 크누텐이 나를 바라보며, 왜, 좀더 있지 않고, 라고 말한다, 그리고 그녀가 가시면 안 돼요, 그럼 저랑 크누텐만 남겨질 텐데, 우린 거의 매일 둘만 남아 있었어요, 가시면 안 돼요, 라고 말한다, 좀더 있도록 해, 서두를 게 뭐야, 라고 크누텐이 말한다, 내일 일하러 갈 것도 아니잖아, 자넨 당연히 머물러도 돼, 전혀 서두를 것 없어, 여긴 마실 것도 있고 여자도 있다구, 라고 그가 말한다, 나는 일어나, 자리를 떠, 집으로 가고 싶다, 모든 것이 다 옛일이고, 아무것도 남지 않고, 끝나서 사라졌으면 싶다, 서둘러야 한다, 일어나, 발아 움직여라, 집에 가야 해, 크누텐이 손수 위스키를 더 따르고, 물과 얼음과 섞는다, 내게도 따르고자 하는데, 나는 펼친 손을 두어 번 잔 위로 옮겨 마시지 않겠다는 표시를 한다, 그는 위스키 병을 다시 바닥에 내려놓는다, 나는 내 잔을 비우고 일어서서, 난 그만 집에 가는 게 좋겠어, 라고 말하고는 그 자리에 잠시 선다, 그러자 크누텐의 아내가 내게 다가오더니 내 허리에 손을 감고 몸을 기대 온다, 그러더니 그녀는 아직 가시면 안 돼요, 저랑 여기 계시면 좋을 텐데요, 라고 말한다, 당신은 멋지고, 껴안고 싶은 걸요, 라고 말한다, 그러고서 그녀는 짧게 웃음을 터뜨린다, 난 그저 우두커니 서 있고, 그녀는 나를 꽉 붙들고 있다, 그녀를 떨쳐 내려 하자 그녀가 내 허리를 감은 팔을 조이며 내 몸에 기댄다. 내 피부에 닿아 눌러 오는 그녀의 팔이 느껴진다. 그녀의 손가락들이 내 옆구리를 파고든다. 펼친 손가락들로 나를 어루만진다. 그러더니 그녀가 다른 팔을 내 배에 두르고는 곁에서 웃음을 지으며 나를 올려다본다. 나는 그녀의 어두운 눈을, 그녀의 검은 머리를 쳐다본다. 그리고 내 몸에 닿은 그녀의 온기를 느낀다. 그녀가 내게 기대어 오고, 나는 그녀의 온기를 느낀다. 그러다 나는 크누텐을 쳐다본다. 그는 우리에게 등을 돌린 채 창문턱에 위스키 잔을 올려 두고 창밖을 쳐다보고 있다. 그런데 그녀의 입술이 재빨리 다가와 내 볼에 촉촉한 키스를 한다. 크누텐이 몸을 돌리더니 나와 눈이 마주치자 그는 가볍게 고개를 젓는다. 그는 이 여자가 이래, 내 아내가 이런다고, 취하기라도 했으면 좋으련만, 그녀는 정신이 아주 말짱해, 그런데 내 바로 눈앞에서, 바닥 한가운데에 떡하니 서서 이제 막 만난 남자를 끌어안고 키스하고 있는 거야, 라고 말한다. 그가 비웃음을 짓는다. 크누텐이 의자에 앉아 비웃고 있다. 그녀가 나를 풀어 주더니 크누텐 곁의 안락의자에 앉는다. 아무래도, 나는 집에 가는 게 좋겠어, 라고 내가 말한다. 아무도 대답하지 않고, 나는 현관으로 걸어가 재킷을 입고서 신발을 신는다. 크누텐이 어째서 당신은 깨닫질 못해, 당신이 정말로 원하는 게 뭔데, 뭘 기대하는 건지, 난 이해가 안 된다고, 라고 말하는 소리가 들린다. 그러자 그녀가 그의 말을 반복한다. 뭘 기대하는 건지, 이해가 안 돼, 나는 다시 돌아가. 문간에 서서 그들에게 이만 갈게. 내일 마을 축제가 있어. 제대로 된 민속춤마당 음악이 듣고 싶다면, 오면 좋을 거야, 라고 말한다. 나는 발걸음을 뗀다. 보트하우스를 지나 집으로 걸었다. 보트하우스 쪽은 내려다보고 싶지 않았다. 집으로 향하는 길에, 불안감이 깊어졌다. 막 문을 걸어 나섰을 때 불안감이 엄습했고, 그것은 어제저녁보다 훨씬 더 강렬했다. 크누텐의 집 거실 안에 있을 때는 불안감을 알아차리지 못했다. 그런데 현관에 서 있을 때 그것이 엄습해 왔고, 집에 가야만 한다는 것을 알아차렸다. 나는 도망치고 싶었다. 누구에게도 더 이상 내 얼굴을 보이고 싶지 않았다. 다시는 아무도 날 보지 못하기를 바랐다. 나는 숨고 싶었고, 사라지고 싶었다. 나는 두려웠다. 난 재빨리 집으로 걸어갔고, 내 다락방으로 올라갔다. 불안했고, 두려웠다. 무언가 끔찍한 일이 일어날 것만 같았다. 그래서 불안한 것이다. 무언가 피할 수 없는, 끔찍한 일이 일어날 것만 같았다. 나는 집으로 걸어갔고, 벌써부터 토르셸과 함께 연주할 토요일 밤이 걱정스러워지기 시작했다. 청소년 센터에서의 민속춤마당. 음악 : 토르셸의 이중주. 나는 곧장 집으로 걸어갔고, 문을 잠그고서 제대로 잠갔는지 확인했다. 침대로 갔으나 잠들 수 없었다. 내 왼팔에 통증이 시작됐고, 손가락도 아팠다. 나는 몇 시간이나 그 자리에 누워 있었다. 불안감이 날 걱정스럽게 만들었고 잠을 이룰 수가 없었다. 심지어 위스키를 얼마쯤 마셨는데도 잠이 들지 않았다. 그저 침대에 누워 뒤척거리면서, 불을 켰다 껐다 했다. 책을 읽으려 해도 머리에 들어오지 않았다. 나는 뒤척이며 그냥 그 자리에 누워 있었다. 그 불안감이 처음으로 날 엄습한 것은 오래전 일이다. 나는 이곳에 앉아 글을 쓴다. 내가 글을 쓰는 까닭은 불안감을 떨쳐 내기 위해서다. 글 쓰는 것이 도움이 된다. 불안감이 엄습해 온다. 무엇인지는 모르겠지만, 이 불안감이 나를 엄습해 온다. 지난여름 나는 크누텐을 다시 마주쳤다. 나는 그를 적어도 10년은 보지 못했다. 그때 크누텐은 바로 내 쪽으로 걸어오고 있었다. 크누텐과 나는 늘 함께였고, 함께 밴드를 결성해 연주했다. 나의 어머니. 나는 여기 앉아 글을 쓰고, 아래층에선 어머니가 서성이고 있다. 그녀의 발걸음 소리. 어머니는 그리 나이가 드시진 않았다. 이제 나는 꽤 많은 글을 썼고, 종이 뭉치가 쌓여 가고 있다. 나는 더 이상 밖에 나가지 않고, 더 이상 기타도 치지 않는다. 어머니는 내게 이 글쓰기를 집어치워야 한다고 말한다. 나는 더 이상 음반도 틀지 않는다. 나는 이곳에 앉아서 글을 쓴다. 내 왼팔이, 손가락이 아프다. 크누텐의 아내. 노란 우비. 그녀의 청재킷. 눈. 지난여름 나는 크누텐과 다시 마주쳤다. 크누텐은 떠났다. 나는 더 이상 밖에 나가지 않는다.

◇

나는 이곳에 앉아서 글을 쓴다. 읽는 이를 위해 쓰는 것이다. 나는 더 이상 밖에 나가지 않고, 이곳에 홀로 있다. 나는 장을 보러 소비자 조합에 가고는 했지만, 이제 나는 더 이상 밖에 나가지 않는다. 예전에 나는 자그마한 일거리들을 하고는 했다. 과일을 땄고, 소비자 조합에서도 잠시 창고 정리 같은 일을 했다. 게다가 연주를 할 일이 제법 있었다. 이제는 난 더 이상 밖에 나가지 않는다. 토르셸과의 연주도 더는 하고 싶지 않다. 지난여름 청소년 센터에서의 연주 이후로 우리는 함께 연주하지 않았다. 크누텐과 나. 크누텐의 아내. 지난여름 나는 크누텐과 다시 마주쳤고, 불안감이 엄습해 왔다. 나는 이곳에 앉아서 글을 쓰고 있다. 어머니는 아래층을 서성거리고 있다. 이건 안 될 텐데, 라고 그녀가 말한다. 나의 어머니. 그녀는 그리 나이가 드시진 않았다. 크누텐의 아내. 노란 우비. 청재킷. 그녀의 눈. 어머니는 저기 아래층을 서성이고 있고, 텔레비전 소리가 여기 위에까지 들린다. 크누텐과 나는 늘 함께였다. 나는 모르겠다. 나는 동창과 춤을 추는 크누텐을 본다. 종이 뭉치는 이제 잔뜩 쌓였다. 나는 이곳에 앉아서 글을 쓰고 있다. 글쓰기가 불안감을 덜어 준다. 글쓰기가 좋다. 이것은 날 행복하게 만든다. 어머니는 집을 거닐고 있다. 나는 앉아서 글을 쓴다. 정말로, 내 삶에는 나쁠 것이 없다. 나는 이곳에서 어머니와 같이 산다. 다른 곳에서는 결코 살아 본 적이 없다. 아래층에서 어머니가 바닥을 가로지르는 소리가 들린다. 텔레비전 소리. 어머니는 그리 나이가 드시진 않았고, 내 머리를 쓰다듬어 주신다. 지난여름 나는 크누텐과 다시 마주쳤다. 불안감이 엄습해 온 것은 그때였는데, 그 어떤 것도 이전과는 같지 않았던 까닭이었다. 모든 것이 달라졌다. 크누텐과 나는 늘 함께였다. 이제 크누텐은 결혼했고, 두 딸이 있다. 크누텐과 나는 어린 시절을 함께했고, 청소년이 되어서도 함께였다. 나는 크누텐이 길을 걸어가는 것을 보고 소리쳐 부르며 따라갔다. 그는 대답하지 않고 그냥 걸어가 버렸다. 지난여름 나는 크누텐과 다시 마주쳤다. 그와 그의 아내가 마을 축제에 왔다. 크누텐은 옛 동창과 함께 춤을 추었다. 크누텐과 나, 그 세월 내내, 우리는 함께였다. 우리는 청소년 센터에서 하는 어린이 여가활동을 했다. 그리고 여가활동이 끝났을 때, 우리가 시나몬 롤과 코코아를 다 먹고, 노래들과 민속음악 연주를 마쳤을 때, 자유 시간이 되었을 때, 그때에 돌입했을 때, 그때, 크누텐과 나 그리고 다른 아이들이 해야 할 일을 끝냈을 때, 우리는 대강당을 빠져나와 복도로 달려나가곤 했다. 더 이상 춤을 출 노래가 없었을 때, 우리가 복도로 뛰쳐나와 바닥에 누웠을 때, 다른 아이들이 달려나왔을 때, 여자아이들이 왔을 때, 바로 그 소녀가 왔을 때. 그녀가 왔을 때. 자유시간마다 와 있는 그녀를 보았을 때, 긴 머리에 블라우스 너머로 자그마한 가슴이 보이는 그녀가 왔을 때. 그녀가 복도로 뛰쳐나왔을 때, 결코 그녀에게 말을 걸 엄두가 나지 않음을 알았다. 크누텐이나 다른 친구 녀석들과 잡담을 하고 소란을 피우다가, 그녀가 오면 조용해졌다. 발을 차던 것을 멈췄고, 노닥거리던 것, 농담을 나누던 것, 큰 소리로 지껄이던 것을 멈췄다. 말수가 없어지고 약간 수줍음을 탔으며, 그 자리에서 일어나 갑작스레 어쩔 줄 몰라 했다. 그녀가 지금 저기에 있어서 마음이 불안해진 것이다. 그녀가 가까이에 있었다. 그녀의 머리카락이, 그녀의 몸이, 그녀가 바로 몇 미터 떨어진 가까운 곳에 있었다. 그런데 그녀에게 말을 걸 수가 없었다. 심지어 이틀 전에 그녀가 메시지를 보내왔는데도 말이다. 그녀의 여자 친구들 중 하나가 까륵대며 다가와 저 애가 너한테 안부 전해 달라고 해서 왔어, 라고 말했다. 저기, 저 애야, 긴 머리를 한 저 애. 그녀는 그곳 청소년 센터의 반쯤 어둑한 매점 안에서, 어린이 여가활동에 등록한 다른 아이들 가운데에 차분한 모습으로 서서 다른 여자아이들 중 하나와 이야기를 나누고 있었다. 모두가 그랬다. 마을의 거의 모든 아이들이 어린이 여가활동을 했다. 자그마한 가슴을 지니고 긴 머리를 한 그녀가 그곳에 서 있을 때, 그리고 그녀가 그녀의 여자친구에게 웃음을 지었을 때, 그곳에 서 있다가, 다른 아이들이 법석을 떠는 동안 홀로 그곳에 서 있다가, 그순간 내면에서 크게 자라난 슬픔을 느꼈다. 그때 그것이 시작된 것이다. 그때 무언가가 일어난 것이다. 음악이 다가온 것은 아마도 그때였다. 그때 그 자리에서, 그리고 그때 이후로, 도망칠 수 없었다. 그 후, 청소년 센터의 어린이 여가활동이 파한 다음 집으로 가는 길이었다. 다들 자기 집으로 갈 차례였지만, 아무도 그러지 않았다. 그때 우리는 길을 따라 걷고 있었다. 우리들 중 몇몇과 다른 아이들이 살고 있는 방향으로 한 무리의 남자아이들과 여자아이들이 길을 따라 멀어져 가고 있었다. 그때는 가을이었고, 날이 어두웠다. 우리는 비바람 속에서 좁은 시골길을 따라 걸었다. 우리는 길을 따라 걸었다. 날은 어두웠고, 피오르의 소리가 들렸다. 언제고 그곳에 있는 바다. 파도소리. 우리는 길을 따라 걷고 있었다. 거기엔 나, 크누텐, 다른 몇몇 아이들, 그리고 그녀가 있었다. 그녀와 크누텐은 함께 이야기를 나누고 있었다. 나는 다른 여자아이와 이야기를 나눴다. 전혀 다른 여자아이, 생판 다른 여자아이, 우리 학급의 여자아이였다. 우리는 서로 이야기를 나누는 것이 수월하다는 것을 알아차렸지만, 나는 결코 다른 여자아이를 잊을 수 없었다. 내 몇 미터 앞에서 걸었던 그녀, 그녀의 머리카락, 그녀의 재킷 너머의 자그마한 가슴, 크누텐과 이야기를 나누며 걸었던 그녀를. 나는 다른 여자아이와 걷고 있었다. 어쩌면 크누텐이 함께 걷고 싶었던 것은 이 여자아이였는지도 모른다. 우리는 떠들고 노닥거렸다. 그녀는 내 앞에서 걸어가고 있었고, 크누텐은 자기 팔을 그녀의 등에 두르고 있었고, 그녀는 자기 팔을 크누텐에게 두르고 있었다. 나는 내 동급생인 여자아이와 함께 크누텐과 그녀의 뒤에서 걸어가고 있었다. 그리고 나는 내 팔을 동급생 여자아이에게 둘렀고, 그녀는 내게 가볍게 기대고 있었다. 우리는 떠들고 노닥거렸다. 우리 일행은 길을 따라 걸어가고 있었다. 우리는 모두 초등학교 마지막 학년이었고, 몇몇은 중학교 과정을 막 시작한 아이들이었다. 그때는 가을이었고, 어두웠다. 비가 내렸다. 피오르의 소리가 들렸다. 파도 소리. 우리는 길을 따라 걷고 있었다. 우리는 보트하우스 위쪽의 길에 멈춰 섰는데, 크누텐이 우리 저기 들어가 보자, 아무도 모를 거야, 라고 말했다. 그러고는 크누텐이 앞장섰고, 우리는 그를 따라갔다. 우리는 측면의 덧문을 통해 보트하우스 안에 들어섰다. 내가 양초를 가지러 사다리를 타고 다락으로 올라가는데, 그때 겁 없는 누군가가 우리 키스-쓰다듬기-포옹 놀이 하자, 라고 말했다. 대답은 없었지만 다들 바라는 바다. 그러자 일행 중 하나가 앞장서서 우리를 줄 세우고는, 첫 번째로 한쪽 구석으로 가 서고, 다른 아이들이 반원을 이루며 둘러싸고, 보트하우스의 땅바닥에 양초를 세운다. 이 놀이를 떠올린 용감한 아이가 놀이를 시작하면, 지목받은 아이는 키스, 쓰다듬기, 포옹 중 원하는 것을 말해야 한다. 그러면 누군가 키스를 하거나 쓰다듬기를 할 사람을 지정할 때까지 반원에서 '어느 것을 고를까요'를 하는 것이다. 처음엔 쓰다듬기만, 조심스럽게 볼을 쓰다듬기만 한다. 초가을 저녁, 비바람을 막아 주는 낡은 보트하우스 안에서 소년들과 소녀들이 무작위로 서로의 볼을 쓰다듬고 있었다. 피오르의 소리가 들려온다. 파도 소리. 누군가 용감하게 포옹이라고 말하면, 그 자리에 서 있는 남자아이 또는 여자아이가 조금은 수줍게, 조금은 용감하게 다른 성별의 아이를 꽉 껴안는다. 포옹은 아주 짧거나, 조금 길다. 다른 아이들은 그것을 쳐다보지 않는다. 시선을 멀리 두거나, 내리깔거나, 껴안은 둘을 흘깃 쳐다보거나 한다. 시간이 지나며 우리는 놀이가 익숙해지고, 쉽게 느껴지고, 더 용감해진다. 비바람이 더 거세지고, 해안을 치는 파도 소리가 더 뚜렷하게 들려온다. 저녁이 더욱 어두워진다. 우리는 용감히 서로에게 더 가까이 다가간다. 키스라고 말하고서 그 말을 한 아이가 키스를 받을 아이를 지정했을 때, 그리고 키스를 받을 아이가 어둠 속에서 나와 그쪽으로 걸어갔을 때, 우리는 아무도 둘 쪽을 쳐다보지 않고 시선을 내리깐다. 그러면 오직 비와 어둠만이 둘을 감싸고, 나머지 우리들은 각자의 고요한 고독함 속으로 사라지는 것이다. 그 고독함 주위에는 고요한 연대감이 자리해 있다. 그렇다. 그곳에 있는 누구도 말하지 않는 연대감이지만, 그곳에서 우리는 서로에게 가까이 있으면서, 서로에게 개인이고자 함 없이, 우리는 다만 그곳에 있는 것이다. 그러다 그녀의 차례가 왔다. 나는 어둠 속에서, 그녀의 긴 머리카락 속에서 그녀의 눈을 알아차린다. 그녀는 키스라고 말하고, 나는 그녀가 키스를 할 사람이 내가 아니길 온 마음으로 바란다. 그건 크누텐이어야 해, 그녀가 키스하고 싶어 하는 건 내가 아니라 크누텐일 테니까. 나여선 안 돼, 하고 온 마음으로 생각한다. 그런데 그녀가 고른 것이 나인 것으로 밝혀지자, 나는 어둠의 공동체를 벗어나 내 머리카락을, 내 몸을 드러내게 된다. 그녀가 내게 다가오고, 나는 그 자리에 선다. 빗소리는 들리지 않고, 어떻게 앞으로 떠밀려 나왔는지만 떠오른다. 그저 내가 바라는 것은 말 없는 다른 아이들에게 돌아가는 것이다. 내가 젖은 재킷 안으로 손을 곧게 내려뜨리고 있는데, 어둠 속에서 그녀가, 그녀의 눈이, 그녀의 머리카락이 나타나 재빠르게 내게로 다가온다. 그리고 그녀가 두 팔로 나를 감싸자, 우리의 재킷이 서로 맞닿는다. 내 머리카락은 젖어 있고, 내 등을 쓰다듬는 그녀의 손이 느껴진다. 그러다 그녀가 반쯤 벌린 입을 내 볼에 가져다 댄다. 따스한 그녀의 입술, 그녀의 입, 촉촉함, 따스한 촉촉함, 그곳 보트하우스의 어둠과 빗속에서, 그것만이 전부다. 가야 할 때가 되어, 모두들 한 명씩 한 명씩 보트하우스의 덧문을 기어나갔다. 그러고는 해안을 따라 어두컴컴한 길을 계속해서 걸었다. 어떤 곳은 파도가 거의 길까지 들이쳤다. 우리는 계속해서 걸었다. 나는 다른 아이들 뒤에서 걸었다. 내 앞에는 크누텐과 그녀가 있었고, 그들은 서로 어깨를 감싸고 있었다. 우리는 소비자 조합까지 걸어가, 상점 창가에서 비치는 빛속에 서 있었다. 나는 내 동급생인 여자아이와 서 있었고, 우리는 떠들고 노닥거렸다. 늘 우리가 하던 식으로 이야기를 나누면서, 나는 평소와 다름없는 척을 했다. 그리고 우리가 집쪽으로 걸어갈 때 나는 그 여자아이의 손을 잡았고, 우리는 걷는 내내 손을 잡고서 그녀의 집에 도착했다. 그때 우리는 서로 포옹을 했고 그녀는 안으로 들어갔다. 그리고 나는 다른 아이들과 합류했고, 우리는 집을 향해 걸으며 파도 소리를 들었다. 그녀와 크누텐은 여전히 함께 있었다. 그들은 서로 손을 잡고 걸어가고 있었고, 둘 다 아무 말이 없었다. 우리는 다들 아무 말이 없었다. 그리고 나는 집에 이르러, 작별 인사를 하고는 집으로 가는 길을 달려 올라갔다. 어머니에게는 배가 고프지 않다고 말하고서 내 방으로 올라갔다. 그것은 실은 그렇게 시작된 것이었다. 우리가 청소년 센터의 어린이 여가활동을 다녀온 이후엔, 이곳저곳을 다녀온 이후엔 그러한 저녁들이 있었다. 그것은 어른들이 양육의 의무를 다한 이후의 캄캄한 가을날 저녁들이었다. 자발적으로 우리들은 해야 할 것들을 가지고 우리들끼리 모여들었다. 우리들 소년들과 소녀들이 길을 따라 걸었을 때의, 우리가 우리의 것들을 가지고 스스로 그곳에 모여들었던 때의 그러한 저녁들이 있었다. 그것은 그렇게 시작되었다. 긴 머리를 하고 있던, 크누텐과 손을 잡고 걷고는 했던, 자그마한 가슴을 지니고 있던 그녀와 함께 시작된 것이었다. 그녀는 그 모임에 오랫동안, 몇 년 동안이나 있었다. 그리고 여전히, 나는 이곳에 홀로 앉아 있다. 이곳에 앉아 글을 쓴다. 아래층에서는 어머니의 텔레비전 소리가 들린다. 이곳은 온갖 소리가 다 들리는 어느 낡은 하얀 집이다. 그리고 나는 여전히 비와 어둠 속에서 내 볼에 닿았던 그녀의 촉촉한 입술을 느낄 수 있다. 여전히 그때 치고 있던 파도 소리가 들린다. 그리고 나는 그것을 내 몸에, 내 움직임에 얽어 매인 무언가로 느낀다. 그것은 그 어둠 속에서, 그 빗속에서, 그 해변을 따라 놓인 길 위에서, 어느 낡은 보트하우스 안에서 이렇게 시작되었다. 그것은 언제나 치고 있는 파도였고, 점점 더 자라고 있는 살갗이었다. 그녀의 키스는 내 살갗에 자국을 남겼다. 그 자체가 내 몸속에 파고들어 그 자리에 남았다. 지금 그녀는 결혼했고, 큰 아이들이 있는 가정주부다. 그리고 그녀와 그녀의 남편은 마을 축제에 참석하고는 했다.

그들은 우리가 연주를 했던 지난여름에도 그 자리에 있었다. 토르셸과 나. 그는 아코디언을 연주했고, 나는 기타를 연주했다. 마을 축제에 와 있던 그녀는 이젠 몸매가 변했다. 그녀는 크누텐과 춤을 추었다. 그녀의 머리카락은 짧다. 그녀의 가슴은 더 커졌다. 모든 것이 달라졌다. 지난여름 나는 크누텐과 다시 마주쳤다. 나는 그를 적어도 10년은 보지 못했다. 나는 이곳에 앉아 글을 쓴다. 어머니는 아래층을 서성이고 있고, 나는 그녀가 서성이는 소리를 계속 듣고 있다. 텔레비전 소리가 들린다. 나는 모르겠다. 나는 불안감을 떨쳐 버리기 위해서 글을 쓰고 있지만, 불안은 계속 커지기만 할 뿐이다. 글을 쓸 때는 침착해지지만, 그러고 난 직후엔 불안감이 다시 찾아온다. 무언가 일어날 것만 같다. 무언가 끔찍한 일이. 나는 안다. 나는 더 이상 밖에 나가지 않고, 집 안에 머물러 있다. 불안감이 엄습해 온다. 어머니는 아래층을 서성이고 있다. 그녀의 발소리가, 텔레비전 소리가 들린다. 나는 더 이상 밖에 나가지 않는다.

◇

지난여름 나는 크누텐과 다시 마주쳤다. 그때 불안감이 엄습했다. 나의 어머니. 크누텐의 아내. 노란 우비. 청재킷. 그녀의 눈. 나는 그를 적어도 10년은 보지 못했다. 그날 밤 이후 내가 연주했던 마을 축제에서 크누텐과 다시 마주쳤다. 토르셀의 이중주. 크누텐은 옛 동창과 춤을 추었다. 청소년 센터에서 몇 시간을 연주했는지 모르겠다. 불안감이 엄습해 온다. 나는 연주를 끝내고, 토르셀에게 더는 연주하고 싶지 않다고 말한다. 나는 더 이상 밖에 나가지 않는다. 지난여름 나는 크누텐과 다시 마주쳤다. 불안감이 엄습해 온다. 크누텐과 나. 우리가 청소년 센터에서 예행연습을 했던 자리가 그곳이었다. 토르셀과 나는 결코 더 이상 예행연습을 하지 않는다. 나는 거부한다. 예행연습을 하고 싶지 않다고, 연주하는 일도 더는 하고 싶지 않다고 말한다. 나는 더 이상 밖에 나가지 않는다. 나는 이곳에 앉아 글을 쓴다. 그것이 전부다. 그렇지만 우리는 이전에도 예행연습을 하는 경우는 드물었고, 만약 예행연습을 해야 한다면, 토르셀의 집에서 했다. 이제 나는 더 이상 밖에 나가지 않는다. 지난여름 우리는 마을축제에서 연주를 했고, 그때 이후로 나는 더 이상 토르셀과 연주를 하고 싶지가 않다. 나는 더 이상 밖에 나가지 않는다. 어머니는 아래층 거실을 서성이고 있다. 텔레비전 소리가 이곳 위층까지 들린다. 불안이 엄습해 와 내 왼팔이, 손가락이 아프다. 어머니는 그리 나이가 드시진 않았다. 우리가 마을 축제에서 연주를 하게 된 날은 내가 크누텐과 다시 마주친 날로부터 이틀 뒤였다. 평소처럼, 우리가 연주를 시작했을 때 그 자리엔 그저 소수의 사람들만 있었다. 토르셀은 앞쪽에서, 무대 가장자리에서 1미터 뒤쯤에 있는 자그마한 앰프의 뒤에 자리하고, 나는 토르셀의 왼편에서, 제법 떨어진 뒤쪽에 자리한다. 그리고 내 뒤에도 자그마한 앰프가 있다. 나는 자세를 곧게 한다. 줄을 팅기고 또 팅긴다. 왈츠, 라인렌더,* 줄을 팅기고 또 팅기고, 코드를 잡고 또 잡는다. 강당을 바라보자 아무도 춤을 추고 있지 않고 거의 텅 비어 있다. 나는 토르셀 쪽을 바라본다. 그는 왼발을 앞으로 뻗고, 고개를 약간 기울인, 평소와 같은 자세로 서 있다. 그리고 그가 연주하는 곡조의 리듬에 맞추어 몸을 앞뒤로 흔들고 있다. 이따금씩 그는 고개를 까닥인다. 이따금씩 미소를 짓는다. 나는 자세를 곧게 한다. 우리는 1부 무대를 마무리한다. 우리가 첫 번째 휴식 시간을 가질 때에도 대강당 안에는 여전히 소수의 사람들만 있다. 나는 무대 위의 가려진 공간에 앉는다. 그곳엔 의자들이 무더기로 쌓여 있고, 그런 무더기들이 여럿 있다. 나는 그 무더기들 중 하나에 올라앉는다. 바닥에는 빈 병들이 여러 개 놓여 있다. 아래쪽에 있는 강당에서 사람들이 이야기하는 소리가 들린다. 나는 그 자리에 가만히 앉아 있다. 그런데 토르셀이 무대 가장자리를 펄쩍 뛰어 올라

* reinlendar. 4분의 2 박자의 커플 댄스.

오더니, 다시 연주를 시작해야겠네. 곧 사람들이 꽤 많이 여기로 올 걸세. 준비하지. 왈츠로 시작하자구, 라고 말한다. 갑자기 강당 안이 꽉 들어찬다. 여기저기서 누군가 노래를 부른다. 토르셸을 바라보자, 그는 실로 생기를 띠고 있다. 지금 그는 스스로를 즐기고 있다. 내내 웃음을 짓는다. 머리를 까닥인다. 앞머리가 이마로 흘러내리자, 들어 올리고 또 들어 올린다. 사람들이 춤을 춘다. 우리는 연주를 한다. 강당은 점점 더 꽉 들어찬다. 두 공연곡 사이의 휴식 때 강당 안의 말소리가 커지고 있다. 사람들이 춤을 춘다. 우리가 곡조 하나를 끝내면 이따금씩 누군가가 박수친다. 나는 자세를 곧게 하고, 기타줄을 퉁긴다. 춤추는 이들 대부분이 아는 사람들이다. 기혼자가 대부분. 몇몇은 노총각들. 몇몇은 노처녀들. 젊은 사람은 거의 없다. 나는 계속해서 기타줄을 퉁긴다. 저기 크누텐이 보인다. 그와 그의 아내가 문 옆에 서 있다. 나는 그들에게 고개를 끄덕인다. 우리는 연주한다. 크누텐이 강당 바닥을 가로지르며 몸을 흔드는 것이 보인다. 크누텐은 부인들 중 하나와 춤을 추고 있는데, 그와 함께 학교를 다녔던 사람이다. 그의 아내는 문 곁에 서 있다. 크누텐은 같은 학급에서 9년간이나 같이 학교를 다녔던 여자와 춤을 추고 있다. 그녀의 남편이 크누텐의 아내 쪽으로 건너가, 몸을 굽혀 그녀에게 춤을 청하는 것이 보인다. 그런데 그녀는 고개를 가로젓고는 웃으며 그에게 무언가 말을 건넨다. 그는 재빨리 몸을 돌려 그녀를 등지고는, 발을 비스듬히 들어 올려 펼친 손으로 자기 구두를 탁탁 치고는, 다시 한번 그녀를 마주하고 서서 웃는다. 그녀가 무언가 말을 건네자, 그도 무언가 말을 건넨다. 우리는 연주한다. 한 곡 한 곡 차례대로. 나는 줄을 튕기고 또 튕긴다. 크누텐은 춤을 춘다. 그리고 그의 아내는 문 곁에 서서, 어느 남자와 이야기를 나누고 있다. 나는 그를 알지 못하고, 그와 말을 섞어 본 적도 없다. 그 남자는 지금 크누텐과 춤을 추고 있는 자기 아내보다 나이가 훨씬 많다. 그런데 크누텐의 아내와 그 남자가 내 쪽으로 길게 뻗은 벽을 향해 가더니, 무대까지 거의 다다라서는 자리에 앉는다. 그곳엔 벽을 따라 나무로 된 장의자가 놓여 있는데, 장의자 앞쪽에는 빈 공간이 있고, 장의자는 내 쪽을 향하고 있다. 그리고 그들은 그곳에 앉아 있다. 그들은 이야기를 나눈다. 크누텐의 아내는 나를 보더니, 내게 웃음을 지어 보인다. 나도 마주 웃음을 짓는다. 그 남자는 이야기를 한다. 얼마 뒤 그는 일어나 조금 멀리 떨어진 장의자로 가 버리고, 그곳에 앉아 있는 여자에게 춤을 신청한다. 그는 춤을 추기 시작한다. 크누텐의 아내는 바로 앞의 장의자에 앉아 있다. 그녀는 혼자 앉아 있다. 그녀가 나를 바라본다. 검은 머리카락. 그녀의 눈. 올이 굵고 짧은 머리. 그녀의 눈. 청재킷. 크누텐이 춤을 추고 있는데, 더 이상 그가 눈에 들어오질 않는다. 그의 아내가 장의자에 앉아 있다. 몇몇 젊은 녀석들이 막 도착했다. 한 무리의 청년들이 무대 왼편으로 걸어왔다. 그들이 보이진 않지만, 그들은 무대 왼편 곁에, 크누텐의 아내가 앉아 있는 곳 앞에 서 있는 모양이다. 그들 중 둘은 이미 꽤 취해 있다. 토르셸이 음을 길게 끌며 곡을 끝내고는 내게 고개를 끄덕인다. 그러고서 그는 연주하는 동안 비스듬히 굳게 내뻗고 있던 발을 끌어당기고는, 아코디언의 어깨끈을 비틀어 풀고, 아코디언을 압축시키고서 끈을 죔쇠에 고정시킨 다음, 무대 구석에 내려놓는다. 나는 기타를 벗겨 낸다. 앰프를 끈다. 기타를 무대 가장자리의 앰프에 기대어 놓는다. 내가 강당으로 걸어 들어가자, 타일 난로*가 서 있는 구석에 십여 명의 젊은 녀석들이 서 있는 것이 보인다. 지금은 여름이라 난로를 데울 필요가 없다. 그들은 무리지어 서 있다. 그들은 모여 서서 술을 마시고 있다. 몇몇 나이 든 사람들도 그들 쪽으로 걸어간다. 크누텐의 아내는 그들 곁의 장의자에 앉아 있다. 지금은 휴식 시간이어서 많은 이들이 밖으로 나간다. 바람도 쐬고 한잔들 하러. 나는 나가는 것엔 개의치 않고, 다시 무대에 올라가기 위해 계단을 오른다. 주위도 둘러보지 않는다. 그런데 누군가 부르는 소리가 들린다. 크누

---

* kakkelomn. 벽돌을 쌓아 만들고 겉에 타일을 씌운 벽난로.

텐의 아내가 내 쪽으로 오는 길이다. 구석에 있는 패거리들이 몸을 돌리더니 그녀를 쳐다본다. 내가 멈춰 서자, 그녀가 얘기 좀 나누겠냐고 묻는다. 내가 다시 강당으로 내려서자, 그녀가 벽을 따라 놓인 장의자로 걸어가 앉는다. 나는 그녀에게 걸어간다. 젊은 녀석 두어 명이 돌아보는 것이 보인다. 그들은 내게 씩 웃음을 지어 보인다. 나는 자리에 앉는다. 그녀가 내 쪽을 향하더니 손을 내 어깨에 얹는다. 난로 곁의 무리들 중 더 많은 녀석들이 우리 쪽을 돌아본다. 녀석들이 잔뜩 취해 있음을, 나는 알아차린다. 크누텐의 아내는 손을 내 어깨에 얹고 있다. 나는 그녀에게 즐기고 있냐고 묻는다. 그러자 그녀가 재미있어요. 이런 마을 축제엔 가 본 적이 없거든요. 일반적인 댄스파티에는 여러 번 가 봤는데, 그건 좀 다른 점이 있어요. 이런 축제는 처음이라, 정말 좋은 경험이 되네요. 라고 말한다. 그녀는 빠르게 말을 하고 있다. 나는 무슨 말을 해야 할지 모르겠다. 이럴 거라곤 상상도 못 했어요. 라고 그녀가 말한다. 그런데 크누텐이 안 보이네요. 라고 그녀가 말한다. 여긴 아는 사람이 아무도 없는데, 크누텐이 곧 와줄 테죠. 그를 보셨나요. 라고 그녀가 말한다. 나는 아까부터는 안 보이는군요. 그가 춤추고 있는 걸 봤는데, 그 후로는 보지 못했어요. 라고 말한다. 그러자 그녀가 전 전통춤은 잘 추지 못해요. 배운 적이 없거든요. 그 사람이 나타날 때까지 전 그냥 여기 앉아 있어야겠네요. 라고 말한다. 아마 곧 올 겁니다. 옛 친구들을 몇 명 마주친 모양이죠. 라고 내가 말한다. 그렇지만 여기 혼자 앉아 있는 건 너무 지겨워요. 라고 그녀가 말한다. 그녀는 내 어깨 위에 팔을 살짝 얹어 두고 있다. 곧 돌아올 겁니다. 라고 내가 말한다. 젊은 녀석들 중 하나가 패거리에서 빠져나오더니, 몸을 돌리며 정도 이상으로 비틀거리고, 다시 몸을 돌리더니 강당 바닥을 걷는다. 우리가 앉아 있는 벽 쪽을 쳐다보고는, 시선을 내려 우리를 쳐다본다. 그는 시선을 우리에게 고정시킨다. 그가 눈을 가늘게 뜨고 나를 바라본다.

그래 당신은 이제 여자 하나 낚았군. 그가 말한다.

나는 그를 쳐다본다.

그러면 그렇지, 빌어먹을.

그런 게 아니야. 내가 점잖게 말한다.

여자 낚은 게 떡하니 보이는데. 그가 말한다.

내 여자가 아니라고. 내가 말한다.

거기 앉아서 시시덕거리고 있잖아. 라고 그가 말하며 패거리 쪽으로 비틀대며 걸어가서는, 막 무리 바깥에 서서, 그곳에 서 있는 어떤 남자의 재킷 소매를 붙잡고 강당 바닥으로 끌어낸다.

저기 봐. 녀석이 말하고는 우리를 쳐다본다. 남자는 얼굴에 걱정스러운 표정을 지으며 고분고분하게 우리를 쳐다본다.

저기 누가 앉았는지 보라고. 보이잖아. 하! 저 자식이 지금 여자를 낚았어. 그가 말한다.

동료가 나를 흘깃 재빠르게 살핀다.

여자가 예쁘잖아. 그가 말한다. 빌어먹을. 여자가 끝내준다고. 좀만 빨리 찾아냈으면, 기타 놈하고 떡 치진 않았을 텐데. 그치. 하.

나는 고개를 내젓는다.

빌어먹을 여자가 끝내주잖아. 그가 말한다. 나랑 떡을 쳐야—

그가 그의 친구를 쿡 하고 찌르자, 그들은 웃음을 터뜨리기 시작한다. 그들은 강당 바닥을 따라 출구 쪽으로 가 버린다. 나는 그녀의 손이 내 어깨를 세게 꼬집고 있는 것을 알아차린다. 젊은 녀석들 중 가장 처음으로 왔던 녀석, 녀석이 누구인지 알고 있다. 그렇지만 녀석과 말을 섞어 본 적은 없다. 녀석의 친구도 본 적이 있다. 그렇지만 그놈 역시 누구인지는 모른다. 둘 다 종종 무도회에 오고, 돌아가고는 한다. 녀석은 난로 주위에 둘러선 무리 쪽으로 가더니, 바로 우리 정면의 강당 바닥에 버티고 선다. 그런데 내 어깨를 강하게 꼬집는 그녀의 손이 느껴진다. 그녀가 내 귀에 대고 우리 어딘가 다른 곳으로 가야겠어요. 정말 유치하기 짝이 없어요. 라고 말한다. 그러자 나는 고개를 끄덕인다.

씨발, 저것들 껴안고서 물고 빠는 것 좀 봐, 녀석이 말한다. 나는 일어선다.

이제 떡 치러 갈 셈인가 보지, 그가 양손을 내밀고는, 왼손 검지와 엄지로 동그라미를 만들고, 오른손 검지를 통과시키면서 말한다.

씨발, 저 새끼 떡 치러 가겠네, 그가 말한다. 우리는 강당 바닥을 가로질러 걷기 시작한다.

저 여자랑 떡 칠 사람이 나라면 좋겠는데 말이야, 녀석이 말한다.

뒤를 돌아보자 그는 몸을 돌려 우리 쪽을 보고 있다.

빌어먹을, 좆같은 딴따라 놈이 여자를 낚았네, 라고 그가 말한다. 이제 그는 거의 고함을 치다시피 한다.

천박한 빌어먹을 년, 그가 말한다.

구석에서 와자한 웃음소리가 들려 그쪽을 바라보니, 패거리들 전체가 그 녀석을 쳐다보고 있다. 그들의 시선이 우리를 좇는다. 씩 웃는다. 우리는 무대로 걸어 올라간다.

저 새끼 무대 뒤에서 저년이랑 떡 칠 건가 봐, 녀석이 소리를 지른다. 그리고 양손을 내저으며 뒤로 걷다가 몸을 돌리고는, 앞으로 출구를 향해 걸어간다. 그리고 우리는 무대 가장자리 뒤쪽으로 걸어간다. 나는 의자 무더기 위에 앉는다. 저기 당신이 앉을 의자들도 있어요, 라고 내가 말한다. 그러나 그녀는 그저 고개를 젓더니, 내 허벅지 위에 앉아 두 팔로 내 목을 감는다. 갑작스레 내 볼에 그녀의 입술이 닿는다. 촉촉하다. 그녀의 입이 내 귀를 향하고, 그녀가 내 귓불을 가볍게 핥는다. 가벼운 전율이 내 몸속을 꿰뚫고 지나간다. 그리고 그녀는 여기 무대 뒤 어딘가에 앉아 있고 싶어요. 무도회가 끝날 때까지. 그러고 나서 집에 함께 가고 싶어요. 라고 속삭이며 내 귓불을 핥는다. 나는 고개를 끄덕인다. 그러고 나서 그녀는 다시 입술을 내 볼에 가져다 대더니, 촉촉한 입술을 벌린다. 그러자 그녀의 혀가 내 살갗 위를 스친다. 내가 그저 가만히 앉아 있자 그 녀석이었어야 했다는 건, 말도 안 되는 소리죠. 저는 당신과 있는 게 더 좋아요. 라고 그녀가 낮은 목소리로 속삭인다. 그러고서 그녀는 짧게 웃더니, 내 어깨를 꼭 안고 코를 내 볼에 가져다 댄다. 내가 팔로 그녀를 감싸 안자, 그녀는 머리를 내 가슴에 기댄다. 나는 그녀를 꼭 껴안는다. 내 가슴에 기댄 그녀가 숨죽여 웃는 소리가 들리고, 나는 그녀가 셔츠 단추의 열린 부분으로 손을 집어넣어 내 배 위에 손을 얹어 두고 있다는 것을 알아차린다. 그녀의 손가락들이 내 배에 난 털을 가볍게 만지작거리고 있다. 우리가 무대 뒤에 앉아 있는데, 다시 강당으로 들어오는 사람들의 시끌벅적한 목소리들이 들린다. 나는 그녀의 어깨에 팔을 두르고 있다가, 팔을 당겨 제자리로 되돌리고, 그녀는 손을 당겨 뺀다. 그런데 그녀는 여전히 내 허벅지 위에 앉아 내 어깨에 팔을 두르고 있다. 나는 정면만 뚫어져라 쳐다본다.

이제 끝났나?

강당에서 고함치는 소리가 난다. 그 녀석의 목소리다. 그리고 무대 계단을 짓밟으며 올라오는 소리가 들린다.

이제 떡 다 쳤냐고?

녀석이 토르셸의 앰프 곁에 서 있는 것이 눈에 들어온다. 심지어 이제는 몸을 가누지 못할 정도로 비틀거리고 있다. 그리고 녀석이 옷자락 안쪽으로 오른손에 술병을 숨기고 있는 것이 보인다. 녀석이 우리 쪽으로 다가온다.

그년 떡 잘 치든? 그가 말하며 나를 뚫어지게 쳐다본다.

그만 진정해, 내가 말한다.

보기 좋네, 그가 말한다. 재빨리 내 어깨를 세게 쥐어잡는 그녀의 손이 느껴진다.

그래, 거기 앉아서 물고 빨고 했잖아, 그가 더 가까이 다가와, 내 곁에 서서 주변을 둘러보며 말한다. 그러더니 주머니에서 술병을 꺼내 꿀꺽 들이켜고는, 내게 술병을 건넨다. 나는 고개를 젓는다.

뭐야, 씨발, 그가 말한다.

연주할 땐 안 마셔, 내가 말한다.

등신아, 연주자라면 한잔 해야 하는 거야, 그가 말한다.

그랬다간 고주망태가 될 걸, 내가 말한다.

뭐라는 거야, 씨발, 그가 말한다.

자넨 다시 강당으로 내려가는 게 좋을 것 같은데, 내가 말한다.

난 네 여자가 진짜 마음에 든단 말이야, 그가 말한다. 내가 고개를 내젓는데, 그가 얼굴을 찌푸리며 한 모금 더 마시고는 내게 술병을 건넨다. 나는 손을 들어 막는다.

그만두지, 그럼, 그가 말한다.

그만 돌아가, 내가 말한다.

저 여자 떡 잘 쳐? 그가 묻는다.

이제 그만해, 내가 말한다.

뭐, 왜, 씨발, 그가 말한다.

그만 진정하라고, 내가 말한다.

좆나 꼴리는 여자잖아, 그가 말한다. 그러자 나는 체념하듯 한숨을 내쉰다. 그는 그 자리에 술병을 든 채 서 있다가, 술병을 바닥에 내려놓고는, 고개를 숙이고 양손으로 주머니 안을 뒤져 보더니, 연초 쌈지를 찾아내 꺼내고서, 궐련을 공들여 마는데, 한쪽 끝은 가늘고, 다른 쪽 끝은 굵어서, 그쪽이 너무 굵자 다른 쪽이 너무 가늘어지고, 굵은 쪽 끝으로 연초가 삐져나온다. 그가 성냥으로 궐련에 불을 붙이려 하는데, 잘 되지 않자 가장 굵은 쪽 끝을 찢어 내고 다시 불을 붙인다, 또 붙지 않자, 가장 얇은 쪽 끝을 찢어 내고, 다시 불을 붙인다. 그러자 비로소 불이 붙는다. 그는 다시 몸을 굽혀 술병을 줍고는, 코르크 마개를 따고 들이켠다. 그런데 토르셸이 무대 계단을 올라오는 모습이 보인다. 그는 언제나처럼 재빠른 동작으로 새 합주를 준비한다. 그가 우리 쪽을 넘어다보다가, 돌아서는 어린 녀석의 등을 목격한다. 토르셸은 이 망할 자식이 여기 올라와서 뭘 하고 있는 거야, 하고 고함을 지른다. 녀석이 무언가 말을 꺼내려는 참에, 토르셸은 이미 그에게 다가서 있고, 녀석은 술병을 옷 속에 숨기려 한다. 그러자 토르셸은 히죽 웃으며, 빌어먹을 자식, 거기 숨기고 있는 게 뭐야, 꺼내 놔 봐, 라고 말한다. 녀석은 손을 옷자락 속에 넣은 채 조금 비틀거리며 우두커니 서 있다. 그러자 토르셸이 그의 옷자락에서 손을 끄집어내며, 내 예상대로구만, 이라고 말한다. 토르셸이 녀석더러 무대에서 내려가, 꽁무니 빠지게 꺼져 버려, 라고 말한다. 녀석은 우두커니 서 있다. 그렇다면 좋아, 라고 토르셸이 말하고는, 녀석의 손에서 술병을 비틀어 빼낸다. 그리고 그의 팔을 부여잡고는 무대 가장자리로 끌고 간다. 녀석이 저항한다. 토르셸이 더 완강히 부여잡는다. 녀석이 저항한다. 토르셸이 젠장, 이 빌어먹을 자식, 이라고 욕을 한다. 그는 녀석의 팔을 세게 비튼다. 녀석은 그 자리에 선 채 계속해서 저항한다. 그들은 엎치락뒤치락하다가, 토르셸이 팔을 제대로 비틀어 넘기자 녀석은 등을 앞으로, 더 앞으로 굽힌다. 그러다 토르셸이 그를 떠밀어 버리자 그는 무대 가장자리 앞쪽으로 떨어져 바닥에 나자빠진다. 나는 몸을 일으킨다. 토르셸의 조금 뒤쪽에 선다. 녀석은 나자빠져 있다. 사람들이 그를 둘러싸고, 구석에 있던 패거리 중 몇몇도 느릿느릿 그리로 걸어간다. 그들은 나자빠진 녀석을 지켜본다. 잠시 뒤 그가 엉금엉금 일어선다. 그의 이마에선 피가 흐르고 있다. 그가 출구 쪽으로 걸어간다. 토르셸이 나를 바라본다. 그는 빌어먹을, 저런 녀석들은 가볍게 넘어가 주면 안 되는 걸세, 라고 말한다. 저런 빌어먹을 녀석들 때문에 골치를 많이 앓았지. 내가 선생질을 너무 오래 한 건지. 본보기로 녀석에게 제대로 매질을 해줘야겠더군, 이라고 그가 말한다. 저 여잔, 저기 앉아 있을 셈인가? 라고 그가 묻는다. 나는 고개를 끄덕이고, 우리가 연주하는 동안 그녀가 저기 앉아 있고 싶어 한다고 말한다. 그러자 토르셸이 그렇다면야, 난 반대하지 않네. 그런데 그만 다시 시작하는 게 좋겠군, 이라고 말한다. 토르셸은 자기 아코디언을 들어 올리고, 나는 내 기타를 주워 들고 앰프를 켠다. 약간의 분위기가 필요하다. 그런 다음 다시 시작하는 것이다. 나는 토르셸의 움직임에서 그가 휴식 시간에 한두 잔 마셨음을 알아차린다. 지금 그의 연주는 더 좋다. 강당이 꽉 들어찬다. 사람들은 담배를 피우고 춤을 춘다. 나는 그 자리에 곧은 자세로 서서 화음을 넣는다. 그녀가 저기 앉아 나를 바라보고 있는 것을 알고 있지만, 돌아보고 싶지 않다. 크누텐의 아내. 나는 연주한다. 사람들은 춤을 춘다. 나는 춤추고 있는 크누텐을 바라본다. 그는 함께 학교를 다녔던 여자와 춤을 추고 있다. 크누텐이 춤을 춘다. 우리는 연주한다. 한 곡 한 곡 차례대로. 나는 돌아보지 않는다. 이제 마지막 춤이고, 토르셸이 그것을 외친다. 이제 마지막 춤입니다. 이제 모두들 강당 바닥에 자리해 주세요, 라고 그가 외친다. 그는 잠시 기다린다. 나는 크누텐이 힘겹게 강당을 가로지르는 것을 본다. 그는 무대 가장자리로 다가오면서, 내게 손을 흔들며 혹시 자기 아내를 보았느냐고 묻는다. 왁자지껄한 목소리들을 뚫고 그의 목소리가 들린다. 나는 고개를 젓는다. 집에 간 모양인지, 아까부터 그녀가 보이지 않아, 라고 그가 말한다. 아내를 찾아서 강당을 한번 돌아보긴 해야겠어, 분명 집에 간 걸 거야, 라고 그가 말한다. 그런데 토르셸이 벌써 마지막 왈츠 연주를 시작하고 있다. 나는 늦게, 적당한 때를 보아 기타 연주에 들어간다. 소리가 괜찮다. 나는 크누텐이 장의자를 따라 강당을 걸어 다니는 모습을, 더 이상 그가 보이지 않을 때까지 지켜본다. 마지막 춤이었고, 우리는 연주를 끝냈다. 몇몇이 박수를 친다. 나는 여전히 기타를 목에 건 채로, 몸을 돌려 무대 뒤로 걸어간다. 그녀는 여전히 그곳에 앉아 있다. 나는 그녀에게 방금,

121

막 우리가 마지막 연주를 시작하기 전에 크누텐이 당신을 물어보며 찾고 있었다고 말한다. 그러자 그녀가 그냥 찾아다니라지요. 난 그 사람 보는 일엔 관심 없어요. 그이는 분명 집으로 가 버릴 거예요. 그이한텐 여기 있는 게 싫고 집에 가고 싶다고 말해 뒀거든요. 라고 말한다. 그이는 분명 내가 집에 갔다고 믿을 거예요. 라고 그녀가 말한다. 나는 고개를 끄덕이고는, 기타를 벗고 플러그를 뽑고서 기타 케이스를 찾아 케이스에 집어넣는다. 앰프 덮개도 찾아 앰프를 씌운다. 그런데 토르셀이 보이지 않는다. 그의 아코디언만 자리에 있고 앰프에는 불이 들어와 있다. 나는 그의 장비도 챙겨다가 구석에 치워둔다. 강당은 이제 거의 비어 있다. 강당 바닥은 먼지와 발자국투성이다. 빈 병들이 벽을 따라 놓여 있고, 공기는 담배 연기로 가득하다. 누군가가 정리를 하기 시작한다. 나는 어찌할바를 모른다. 그녀가 나를 바라보고 있는 것이 느껴진다. 정말로 아무것도 모르겠다. 내가 이제 집에 가야겠다고 말하자, 그녀가 일어선다. 나는 홀로 내려서서 밖으로 나간다. 몇몇 무리들이 청소년 센터 바깥쪽에 모여 있고, 나는 길을 따라 천천히 걷기 시작한다. 그녀가 내 뒤를 따라오는 것이 느껴진다. 나는 멈춰 선다. 그녀가 나를 따라잡는다. 우리는 나란히 길을 따라 걷는다. 아직 길가에 차들이 길게 늘어서 있고, 사람들은 무도회 이후에도 아직 귀가를 하지 않고서, 어정거리고,

어슬렁대고들 있다. 차 몇 대가 우리를 지나친다. 우리는 천천히 걷고 있다. 차들의 행렬을 지나쳐 간다. 길가를 따라 걷고 있다. 우리는 아무런 말도 꺼내지 않는다. 차들이 우리를 지나친다. 한 대 한 대 차례대로. 돌아보니 청소년 센터 바깥쪽엔 이제 차가 두어 대밖에 남지 않았다. 우리는 걸어간다. 그녀가 내 곁에서 걷고 있는데, 나는 그녀에게 무슨 말을 꺼내야 할지 모르겠다. 크누텐의 아내. 그녀는 크누텐을 찾지 않았다. 나는 무슨 말을 꺼내야 할지 모르겠다. 우리는 서로 나란히 걷고 있는데. 그녀는 도로 가까이에서, 나는 바로 가장자리에서 걷고 있다. 저녁은 가장 어두운 무렵에 접어들어서, 여름 저녁인데도 거의 완전히 캄캄하다. 그리고 나는 무슨 말을 꺼내야 할지 모르겠다. 그런데 무언가 이상하다. 무슨 말을 꺼내야 할지 모르겠는데도, 그것이 정말 아무런 상관이 없다. 우리는 서로 나란히 걷고 있다. 아무런 말도 하지 않고, 그저 걷기만 한다. 그러다가, 갑자기, 그녀가 내 팔 아래쪽에 손을 넣어 팔짱을 낀다. 걸으면서 그녀의 몸이 점점 더 내 몸에 가까이 다가온다. 그녀의 손가락들이 내 팔꿈치의 패인 곳을 움켜쥐고 가볍게 쓰다듬는다. 우리는 길을 따라 걷고 있고, 날은 거의 완전히 캄캄하며, 집들도 전부 불이 꺼져 있다. 마당에 있는 차들을 흘깃 보니, 차들은 어둠 속에서 반짝이고 있다. 우리는 말을 하지 않는다. 그녀의 손가락들이 내 팔꿈치의 패인 곳을 만지작거리고 있는데, 우리 뒤로 차 한 대가 다가오는 소리가 들린다. 나는 그녀에게서 몸을 뗀다. 그녀가 나를 보고 가볍게 웃는다. 차가 우리를 지나가자, 그녀가 다시 팔짱을 낀다.

저들이 우리를 볼까 봐 겁내고 있군요. 그녀가 말한다. 나는 고개를 끄덕인다.

당신은 참 말이 없네요. 그녀가 말한다.

그게 당신을 겁먹게 하지는 않습니까. 내가 말한다. 그녀가 고개를 끄덕이는 것이 느껴진다. 난 그녀를 쳐다보지 않고 다른 쪽을 보지만, 그녀가 고개를 끄덕이는 것이, 아주 가볍게 끄덕이는 것이 느껴진다. 그녀가 내게 밀착해 있는데, 그게 아무런 상관이 없다. 그게 날 겁먹게 하지도 않고, 무슨 말을 꺼내야 할지 모르겠다는 것도 상관이 없다. 그저 자연스럽다. 그녀의 손, 그녀의 손가락, 그녀의 몸. 그녀가 다시 내 몸에 아주 가까이 밀착한다. 그리고 우리는 길을 따라서, 피오르를 따라서 그곳을 걸어가고 있다. 파도가 천천히, 끊임없이 해변을 친다. 멀리 뻗어 나가는 피오르는 깜깜하다. 나는 피오르를 따라 늘어선 산들, 불 꺼진 집들, 그리고 피오르를 흘깃 바라본다. 피오르와 파도, 그리고 산들을 계속해서 바라본다. 그녀의 집에 거의 다 왔다고 말하자, 그녀가 집에 가고 싶지 않아요, 그보단 당신이랑 있고 싶어요, 라고 말한다. 그 말이 나를 꿰뚫고. 그러자 나는 다시 불안감을 느끼기 시작한다. 그날 저녁에 엄습해 왔던 것과 같은 불안감이다. 그런데 그녀가 무언가 심상치 않음을 알아차리고는, 뭔가 문제가 있나요, 전 물론 이대로 집으로 갈 수도 있어요, 라고 말한다. 우리는 계속 걸어간다. 이제 무슨 수를 써야 한다는 것을 나는 깨닫는다. 그녀는 집으로 가고 싶지 않아요, 당신과 함께 있고 싶어요, 라고 말한다. 크누텐은 사라져 버렸고, 집에는 가기 싫어요, 같이 있어요, 무슨 방법을 찾아 봐요, 같이 있어요, 라고 말한다. 그런데 우리는 내 집으로, 내 어머니한테는 갈 수가 없다. 그녀는 그녀의 집으로 돌아가야 한다. 우리는 크누텐과 그의 가족의 집을 흘깃 바라보며 조금 더 천천히 걷는다. 그녀는 내 팔을 붙잡고 있고, 크누텐은 이를 볼 수 있을 것이다. 그는 청소년 센터 어디에서도 보이지 않았으니, 분명 집으로 돌아갔을 터다. 그는 어디에도 없었다. 그는 내게 자기 아내를 보았는지 물었다. 그러자 나는 보지 못했다고 답했다. 어째서 난 그렇게 대답했을까. 그녀는 무대 뒤에 앉아 있었다. 그녀가 어딨는지 말했어야 했는데, 난 그러질 못했다. 우리는 크누텐의 집으로 다가가고 있다. 그런데 그녀가 집에 가고 싶지 않아요, 당신과 함께 있고 싶어요, 라고 속삭인다. 그냥 당신이랑 있고 싶어요, 집에 가고 싶지 않아요, 라고 말한다. 그러자 나는 내 집엔 갈 수 없어요, 그건 불가능합니다, 라고 말한다. 그러자 그녀가 알겠어요. 라고 말하며 내 팔꿈치의 팬 곳을 잡은 손에 힘을 뺀다. 그리고 우리는 크누텐의 집으로 가는 길에 이른다. 그러자 그녀가 적어도 잠시만이라도 당신이랑 좀더 걸어가고 싶어요. 당신이랑 길을 따라 걷는 거, 그건 분명 할 수 있겠죠. 라고 말한다. 나는 고개를 끄덕이고, 천천히 계속해서 걷는다. 이제 불안감이 뚜렷해진다. 그 불안감이 내 온몸을 뚫고 지나다닌다. 뚜렷한 불안감. 우리는 천천히 걷는다. 난 무언가 말을 꺼내야 한다. 그녀가 너무나 가까이 밀착해 있어서 더 이상 피오르가 느껴지지 않는다. 불안감이 내 몸 안에 자리하고 있다. 우리는 걷는다. 무슨 수를 써야 한다. 내 집에는 갈 수 없다. 그녀는 내 팔을 잡고 있고, 크누텐은 우리를 볼 수 있을 것이다. 그는 무도회를 마치고 집으로 돌아갔다. 우리는 길을 따라 걷고 있고, 크누텐의 집을 지났다. 그리고 그녀는 집에 가고 싶지 않고 나와 함께 있고 싶다고 말한다. 그녀가 나와 함께 있고 싶다고 말한다. 내 집에는 갈 수 없다. 그리고 크누텐은 우리를 볼 수 있을 것이다. 내 팔을 잡고 있는 그녀를 볼 수 있을 것이다. 우리는 길을 따라 걸어간다. 어둠, 그리고 피오르. 무언가 말을 꺼내야 한다. 이 곳을 마냥 걸을 수만은 없다. 우리는 피오르를 따라 걷는다. 파도 소리. 계속해서 이런 파도 소리. 뭐라도 말을 해. 우리는 낡고 황폐해진 보트하우스를 지나친다. 나는 그녀에게 어릴 적에 크누텐과 내가 종종 이 보트하우스 안에서 놀았습니다, 라고 말한다. 아무도 사용하지 않는 보트하우스인데, 안에는 반쯤 녹슨 조각배가 있어요, 그 외에 다른 것들도 있구요, 낡은 낚시 도구랑, 만지기만 해도 끊어지고 바스러지는 낡은 면 후릿그물이랑, 낡은 낚시 그물도 있죠, 라고 말한다. 보트하우스는 흙바닥으로 되어 있는데, 위층에 다락이 있습니다. 그리고 올라가는 사다리가 있어서 우리는 종종 위에 올라가곤 했어요, 양초랑 온갖 것들이 있는, 일종의 소굴을 만들었는데, 우린 거기서 아주 재미난 일들을 했죠, 라고 말한다. 그녀가 그럼 당신들은 일종의 소년 클럽을 만든 셈이었군요, 라고 말한다. 나는 정확합니다, 비밀 클럽, 클럽에 대해 아는 것은 오직 크누텐과 나뿐이었죠, 라고 말한다. 그녀가 멈춰 서더니 내 팔을 더욱 세게 붙잡는다.

우리 저기 위로 올라가 봐요, 그녀가 말한다.

나는 주저한다.

자, 가자구요, 그녀가 말한다.

그렇지만 저기 안은 어둡고 먼지투성이입니다, 내가 말한다.

상관없어요.

나는 길에 남아 우두커니 선 채 보트하우스에 대해 말하지 말았어야 했다고 생각한다, 어째서 그걸 이야기해야 했던 걸까, 이야기하기엔 그저 우스꽝스러운 것일 뿐인데, 보트하우스 안에 들어가면 안 돼, 크누텐의 아내가, 들어가선 안 돼.

꾸물거리지 말구요, 그녀가 말한다.

내가 가만히 서 있자, 그녀가 우리의 두 손을 포개어 잡고는, 내 이름이 레이프가 아니었냐고 묻는다. 그러더니 그녀는 나를 비탈 아래로 이끌며, 보트하우스의 문이 어디 있는지 묻는다. 그래서 나는 문이 둘 있는데, 낮은 쪽에 있는 큰 것은 배를 끌어다 들여놓거나 내놓는 데 쓰는 이중문이고, 반대쪽의 작은 문은, 거의 덧문이나 마찬가지인데, 크누텐과 제가 사용하곤 했던 겁니다. 라고 말한다. 그러자 그녀가 그럼 우린 그쪽을 써야겠군요, 라고 말한다. 나는 고개를 끄덕이고, 그게 우리가 쓸 수 있는 유일한 문입니다. 큰 문은 오직 안에서만 열 수 있어요. 빗장이 가로놓여 있는데, 문을 열려면 그걸 풀어내야 합니다. 라고 말한다. 그녀가 웃음을 터뜨린다. 나는 안쪽이 어둡다고 말한다. 그녀가 나한테 라이터가 있어요. 그리고 당신이 안에 양초들이 있다면서요, 라고 말한다. 우리는 서로의 손을 잡고 있다. 우리는 아등바등 나뭇가지들 사이를 헤치며 보트하우스 뒤쪽으로 향한다. 내가 문을 발견하자, 갑자기 내 볼에 닿는 그녀의 입술이 느껴진다. 그리고 거의 동시에 불안감이 날 엄습한다. 그러고 나서 그녀의 입술이 내 입쪽으로 더듬어 오는 것이 느껴지다가, 그녀가 내 입에 입술을 가져다 댄다. 귀에 파도가 치는 소리가 들린다. 나는 불안감을 느낀다. 그녀가 내 앞에 서서, 양손을 내 등에 둘러 포개어 잡고 있다. 그리고 그녀의 혀가 내 입술을 비집고 들어와, 내 혀를 건드린다. 내 안에 불안감이 자리한다. 우리는 그 자리에 서 있다. 파도가 해안을 구르는 소리가 들린다. 파도 소리. 우리는 그저 가만히 그 자리에 서 있다. 그런데 그녀가 우리 보트하우스 안에 들어가면 어떨까요, 라고 말한다. 안쪽이 어떤지 보고 싶어요, 라고 그녀가 말한다. 내가 몸을 굽혀 작은 문을 열고 안으로 기어들어가자, 그녀가 뒤를 따른다. 이곳 안쪽은 완전히 캄캄하다. 그녀가 라이터를 켜고, 나는 희미하고 약한 불빛 속에 주변을 둘러본다. 이곳에 온 지도 여러 해가 되었군, 어쩌면 20년도 더 됐겠어, 하고 나는 생각한다. 모든 것이 예전과 하나도 다름이 없고, 냄새도 똑같다. 내가 그 자리에 가만히 서 있는데, 그녀가 내게 다가오더니, 두 팔과 몸으로 나를 휘감고, 내 볼을 혀로 희롱한다. 무슨 말이든 해야겠기에, 나는 뜬금없이, 아무 생각 없이, 우리 다락에 올라가 볼까요, 라고 묻는다. 그러자 그녀가 고개를 끄덕인다. 그리하여 그녀가 먼저, 다음으로 내가 사다리를 기어오른다. 우리가 널빤지 바닥 위에 올라서자, 다시 한 번 더 그녀가 라이터를 켠다. 나는 주변을 둘러본다. 모든 것이 예전 그대로다. 흩어져 있는 플라스틱 병과 빈 유리병들. 크누텐과 내가 해변에서 발견한 것들이다. 나는 그 자리에 서 있는다. 크누텐의 아내는 우리가 낡은 후릿그물로 밀가루 포대를 채워 만든 소파에 앉는다. 그녀가 앉아 있다. 그녀는 크누텐과 내가 만든 소파 위에 앉아 있다. 나는 계속 서 있는다. 그녀가 이리로 올라오세요. 여긴 별로 따뜻하지가 않네요. 바람이 차요. 라고 말한다. 나는 그저 우두커니 서 있는다. 그녀가 이리 오세요. 어서 오라구요. 라고 말한다. 나는 걸어가 그녀 곁에 앉는다. 그러자 그녀가 팔로 내 허리를 감으며 내게 기대 온다. 그렇지만 나는 가만히 그 자리에 앉아 있을 뿐이다. 그녀가 내게 미소을 지으며 목에 키스를 한다. 그러자 불안감에 몸 안쪽이 쑤셔 온다. 나는 어찌해야 할지 모르겠다. 무엇을 어찌해야 할까. 무언가 말을 꺼내야 할 텐데, 불안감이 극심하다. 무언가 말을 꺼내야 한다. 뭐라도 해야 한다. 무도회를 마치고 집으로 가는 길이었는데, 크누텐은 어디 있는지 모르겠고, 그의 아내는, 그녀는 내게 팔을 두르고 있다. 그리고 나는 어찌할 바를 모르겠다. 무언가 말을 꺼내야 할 텐데, 불안감이 극심하다. 무언가 말을 꺼내야 한다. 그러다 나는 그만 집으로 가야 할 것 같다고 말한다. 그녀가 좀더 머무를 수 있을 텐데요. 라고 말한다. 집에 갈 때가 됐습니다. 라고 내가 말한다. 그녀가 나더러 피곤하냐고 묻기에, 내가 그래요. 피곤합니다. 저녁 내내 연주를 해야 했으니까요. 라고 말한다. 그러자 그녀가 고개를 끄덕인다. 내가 일어서자, 파도 소리가 들린다. 파도 소리가 들린다. 내가 잊고 있었던 무언가가 들린다. 갑자기 그것이 들린다. 나는 파도 소리를, 피오르를 듣는다. 그러자 내 몸속에서 불안감이 매우 분명해진다. 내가 가만히 서 있자, 크누텐의 아내가 괜찮으세요, 무슨 일 있어요, 왜 그렇게 서 있는 거죠, 당신 무척 이상해 보여요, 라고 말한다. 내가 지금 집에 가야 하는 건가요, 어째서 우리 좀더 여기 머무를 수 없는 거죠, 라고 그녀가 말한다. 나는 그 자리에, 그 자리에 가만히 서 있다. 그러자 그녀가 그렇게 아주 넋 나간 사람처럼 우두커니 서 있을 거라면, 우린 그만 가는 게 좋겠네요, 라고 말한다. 나는 고개를 끄덕인다. 그녀가 몸을 일으킨다. 나는 파도 소리를 듣는다. 그 옛날에 들었던 그 파도 소리를 듣는다. 그렇게 나는 가만히 서서, 그녀를 바라본다. 그녀가 촛불을 불어 끄자, 온통 어두워진다. 그녀가 라이터를 켠다. 그녀가 당신이 먼저 가셔야겠네요, 라고 말한다. 내가 사다리를 한 계단씩 내려가는데 몸속에는 극심한 불안감이 자리하고, 내 주위로는 완전히 깜깜한 어둠이 둘러싼다. 그리고 그러는 내내 파도 소리가 들려온다. 내 오른팔에, 내 손가락들에 불안감이 극심해진다. 나는 어릴 적에, 크누텐과 내가 함께 놀며 보트하우스의 저곳 다락에서 비밀스러운 삶을 보낼 때의, 예전에 듣곤 했던 그 파도 소리를 듣는다. 나는 한 계단씩 천천히 사다리를 내려온다, 어둠이 나를 감싼다, 나는 파도 소리를 듣는다, 그러다 내 몸속에 치는 파도의 움직임을 깨닫는다, 사다리를 한 계단씩 내려와, 나는 흙바닥 위에 서서, 흙 냄새를 맡고 파도 소리를 듣는다, 깜깜하다, 완전히 깜깜하다, 아무것도 보이지 않다가, 라이터가 켜지는 소리가 들린다, 돌아보니 라이터에서 나오는 불꽃이 보이고, 불꽃 가장자리로 크누텐의 아내가, 그녀의 검은 머리카락이, 그녀의 갈색 눈동자가 보인다, 그러자 내 몸속에 자리한 불안감이 극심해진다, 나는 보트하우스 바닥에 내려서 있다, 크누텐의 아내가 라이터 불을 켠다, 나는 파도 소리를 듣는다, 그리고 불안감이 극심하다, 나는 무언가 말을 꺼내야 한다.

난 그만 집에 가는 게 좋을 것 같습니다, 내가 말한다.

그래요, 이해해요, 그녀가 말한다.

나는 그 자리에 우두커니 서 있다.

그럼, 갈까요, 그녀가 말한다.

내가 먼저 나가, 밖에서 그녀가 나올 때까지 기다린다, 그런 다음 덧문을 닫는데, 갈고리를 걸지 않고 다시 눌러 닫아만 둔다, 크누텐의 아내가 기다리고 있는데, 갑작스레 나는 가만히 멈춰 선다, 그러자 그녀도 꼼짝 않고 선다, 그녀가 내 가까이 있고, 나는 꼼짝 않고 서 있다, 무엇을 해야 할지, 무슨 말을 해야 할지 모르고, 나는 그저 가만히 서 있다, 뭐라도 해야 한다. 나는 나뭇가지와 덤불을 헤치면서 걷기 시작한다. 그러는 내내 불안감이 느껴진다. 파도 소리가 들린다. 파도는 여느 때와 다른 식으로, 옛날에, 예전 어느 때에 그랬던 식으로 치고 있다. 지금은 오직 불안감 사이로 들려올 뿐이다. 내가 덤불을 헤치며 걸어가고 있는데, 크누텐의 아내가 내 뒤에서 걸어오는 소리가 들린다. 그녀는 내게 아주 가까이 붙어서 걷고 있다. 그녀가 내 몸에 밀착해 있는 것이 느껴진다. 무슨 말이든 해야 한다. 뭐라도 해야 한다. 나는 큰길 쪽으로 걸어 올라가며 돌아보지 않고, 아무런 말도 꺼내지 않지만, 크누텐의 아내가 다가오는 것이 느껴진다. 그러자 나는 불안해지고, 내 오른팔이, 손가락이 쑤시기 시작한다. 나는 천천히 걷다가, 멈춰 선다. 그러자 그녀가 나를 지나쳐 걸어간다. 내가 꼼짝 않고 서 있는데, 그녀의 손가락이 내 등을 쓰다듬는 것이 느껴지더니 그녀가 나를 지나쳐 걸어간다. 나는 그녀의 뒤를 천천히 걸어 올라가기 시작한다. 깜깜한 중에 그녀는 길 가장자리에 멈춰 서 있고, 나는 길로 올라와 그녀에게서 몇 미터 떨어진 곳에 선다. 내가 저는 그만 집에 가는 게 좋겠군요, 라고 말하자, 그녀가 그래요, 라고 말한다. 이미 나는 그렇게 말했던 바다. 내가 작별 인사를 하자, 그녀는 나를 바라보다가, 몸을 돌려 반대쪽으로 걸어가기 시작한다. 그녀는 크누텐의 집 방향으로 길을 따라 걸어가고, 나는 반대편인 내륙 쪽으로 걸어간다. 내 귀에 파도 소리가 들린다. 그녀는 내게 작별 인사를 하지 않았던 듯하다. 내 몸 안에 무거운, 극심한 불안감이 자리해 있다. 나는 긴 보폭으로 걸음을 서두른다. 달려서는 안 될 것 같다, 하고 나는 생각한다. 나는 길을 따라 걸으며 파도 소리를 듣는다. 어릴 적 들었던 그대로의 파도 소리가 들려온다. 파도는 내 삶 전체를 관통해 계속 또 계속 치고 있었다. 어릴 적에 그 파도 소리를 들은 이후로는 여러 해 동안 그 소리를 듣지 못했는데, 이제 극심한 불안감 사이로 그 파도 소리가 들려온다. 나는 집으로 가는 길을 서두른다. 파도 소리가 들려온다. 나는 걷는다. 집 쪽으로 가능한 한 빨리 걷는다. 파도가 해안을 치고 있다. 나는 집으로 걸어가고 있고, 어떤 것에 대한 생각도 집중이 되질 않는다. 모든 것이 극심한 불안감과 파도의 움직임 속에 있다. 크누텐의 아내. 나는 서둘러 집 쪽으로 걸어간다. 집에 도착해야만 한다. 불안감이 극심하고 파도 소리가 계속해서 들려온다. 나는 이곳에 앉아 글을 쓴다. 그리고 더 이상 밖에 나가지 않는다. 지난여름 나는 크누텐과 다시 마주쳤다. 이 불안감이 엄습한 것은 그때였다. 나는 모르겠다. 나의 어머니. 나는 더 이상 기타를 연주하지 않는다. 이게 무엇인지 모르겠다. 불안감이 엄습해 내 왼팔과 손가락이 쑤신다. 초여름부터는 도서관에도 다니지 않는다. 어머니가 바닥을 서성거리고 있고, 텔레비전 소리가 이곳 위층까지 들린다. 나는 이곳에 앉아 글을 쓴다. 매일매일 이곳에 앉아 글을 쓰며 결코 밖에 나가지 않는다. 장을 보는 것은 어머니다. 나도 종종 장을 보았으나, 이제는 어머니가 내게 장 좀 봐올 수 있겠니, 라고 말하면 나는 아뇨, 시간이 없어요, 라고 말한다. 전에는 늘 장을 봤잖니, 라고 그녀가 말한다. 나는 대답하지 않는다. 어머니에게 난 밖에 나갈 수 없다고 말한다. 그녀는 이게 무슨 괴벽이라니, 연주가 더 나았겠구나, 적어도 연주할 때는 나랑 얘기를 나눌 순 있었으니까, 라고 그녀가 말한다. 내가 크누텐과 다시 마주친 것은 지난여름이었다. 나는 그를 여러 해 동안 보지 못했고, 그를 마지막으로 본 것이 언제인지도 잘 기억나지 않는다. 그렇지만 우리는 지난여름 다시 마주쳤다. 그리고 크누텐은 결혼을 했다. 아이가 둘 있다. 나는 그저 이곳에 눌러앉아 있다. 나는 아무것도 이룬 것이 없다. 나는 지난여름 크누텐과 마주쳤다. 그와 몇 번 마주친 후로 다시는 그를 보지 못했다. 나는 그의 아내를 몇 번 보았는데, 그녀는 길을 따라 걸어가고 있었고, 내 집을 올려다보고 있었다. 그렇지만 그녀가 날 본 듯하지는 않다. 나는 방 안쪽에 숨었다. 외출을 기피하는 이 괴벽은 토르셸과 내가 마을 축제에서 연주했던 밤 이후에 찾아왔다. 그날 저녁 이후로 나는 밖을 다니지 않는다. 크누텐은 옛 동창과 춤을 춘다. 나는 그게 무엇인지 모르겠다. 불안감이, 끔찍한 불안감이 날 엄습한다. 이게 무엇인지는 모르겠지만, 이 불안감을 견딜 수가 없다. 오직 이 불안감으로 인해 나는 글을 쓴다. 나는 모르겠다. 지난여름 토르셸과 내가 마을 축제에서 연주하고 난 다음 날, 이른 아침에 나는 마당에 서 있었다. 크누텐에 대해서든, 그의 아내에 대해서든 딱히 별다른 생각은 하지 않고서 그냥 그 자리에 서 있었다. 전날 밤에 대해서도 생각하지 않았다. 그런데 아래쪽 길가에 크누텐이 보였다. 그가 날 보았고 나는 손을 흔들었다. 그러나 그는 오직 가볍게 고개를 흔들 뿐이었다. 그리고 크누텐은 그건 모두 다 옛일이야, 저 친구는 우릴 봤음이 틀림없어, 분명 모든 걸 알고 있을 거야, 그건 문제될 게 없어, 그렇지만 그때, 그 여자아이, 이제 더는 원하지 않아, 그러니까 그냥, 할 수 없어, 저기 서서 나를 보는데, 뭐라고 말을 해야만 할 듯한데, 만나자고, 그러자고, 저 친구는 할 수 없을지 모르지만 그래도 꼭, 할 수 없을까, 꼭, 저기 서 있군, 저 친구는 몰라, 나를 쳐다보는데, 이제는 꼭, 이번에도, 좀 자야 할 것 같아, 아무 말도 말고, 본 것이 틀림없어, 저 친구는 모든 걸 알아, 하고 크누텐은 생각한다. 그는 저기에, 길가 아래쪽에, 그 자리에 서서 날 올려다보고 있다. 나는 어찌할 바를 모르고 그냥 그 자리에 서 있다. 그리고 크누텐은 길가에 그냥 자리를 지키고 서 있다. 그는 아무것도 하지 않고 그냥 그 자리에 서 있다. 나는 다시 그에게 손을 흔들었다. 그렇지만 크누텐은 이제 아무런 반응도 하지 않고 그냥 길가에 가만히 서 있었다. 나는 어찌할 바를 몰라 길을 향해 걷기 시작했다. 그러자 크누텐은 곧장 길을 따라 걸어가 버리기 시작했다. 그리고 크누텐은 지금은, 이러는 건 아니야, 그냥 가는 게 좋겠어, 모든 걸 아니까, 분명 우릴 봤을 거야, 이건, 지금은 반드시 자리를 떠야 해, 어디든 떠나 버리는 거야, 그냥 그럴 수는, 반드시 그럴 수 있어야 해, 그런 모든 것은, 그리고 지금, 이게, 얼굴에 새겨지고, 달라붙어 버려서, 울 수도 없고, 소리칠 수도 없고, 그냥, 가야만 해, 아무 말도 할 수 없어, 그냥 생각만, 그냥 걷자, 떠나자, 말할 것은 아무것도 없어, 내일, 잠을 못 자서, 지금은 집에 가자, 쉬자, 그리 중요친 않아, 뭔가 말은 해야 할 텐데, 하고 크누텐은 생각했다. 그리고 내가 그를 따라가며 불렀지만, 크누텐은 대답하지 않고서 그냥 걸어가 버렸다. 나는 멈춰 섰다. 난 어찌할 바를 몰랐다. 나는 길에 남아 서서 길을 따라 걸어가 버리는 크누텐을 보았다. 크누텐은 이제 걸었지, 그냥 걸었어, 모르겠어, 가야만 해, 꼭, 이제 가자, 자는 거야, 뭔가를 찾든, 그러니까, 안 될지 모르지만, 걷자, 말하지 말고, 우리가 어렸을 적 이후로 긴 시간을, 그 보트하우스, 걸어서 지나가자, 분명 우리를 봤을 텐데, 모든 걸 아는데, 그러고 싶지가 않지, 그냥 걸어야 해, 하고 크누텐은 생각했다. 그리고 나는 크누텐이 길을 따라 걸어가 버리는 것을 보았다. 그때 이후로 나는 크누텐을 보지 못했다. 그것이 이 불안감이다. 나는 밖에 나가지 않고 여기 앉아 글을 쓴다. 어머니가 아래층을 서성이는 소리가 들린다. 어머니는 그리 나이가 드시진 않았다. 어머니는 내 머리를 쓰다듬어 준다. 어머니는 방 안에 앉아 있을 수만은 없잖니, 가끔씩 밖에도 나가고 해야지. 이렇게 글만 쓰다간 정말 미쳐 버리겠구나, 라고 말한다. 나의 어머니. 그녀가 바닥을 서성이는 소리가 들리고, 텔레비전 소리가 들린다. 나는 모르겠다. 크누텐과 나, 우리는 늘 함께였다. 그런데 크누텐은 그냥 걸어가 버렸고, 나는 그의 뒷모습을 지켜보았다. 크누텐은 그의 동창과 춤을 춘다. 나는 이곳에 앉아 글을 쓴다. 나는 불안감이 엄습한 이후로 기타에는 손도 대지 않는다. 나는 모르겠다.

지난여름 나는 크누텐과 마주쳤다. 오랜만에, 적어도 10년 만에 크누텐을 다시 만난 것이다. 나는 걸어서 도서관에 가는 길이었다. 화창한 여름날의, 조금 늦은 오후였다. 그런데 길모퉁이 맞은편에서 크누텐이 나타나는 것을 보았다. 먼저 크누텐이, 그리고 몇 미터 뒤에서 그의 아내가 오고 있었다. 크누텐의 아내, 그녀는 작고 통통하고, 검은 머릿결과 갈색 눈동자를 지니고 있었다. 그리고 그녀의 좌우로 어린 여자아이 둘이 걸어오고 있었다. 나는 크누텐이 내 쪽으로 걸어오는 것을 보았다. 나는 크누텐을 바라보았다. 크누텐에게 거의 시선을 두지 않으면서 그를 보았다. 그리고 그가 날 바라보았다. 나는 팔을 들어 올려 흔들었다. 우리는 걸어서, 서로에게 접근한다. 그러다 크누텐이 그의 팔을 들어 올리고, 우리는 서로에게 걸어가며, 서로에게 손을 흔든다. 크누텐과 나는 서로 점점 더 가까이 접근하면서, 서로 조심스럽게 손을 흔들며 웃음을 짓는다. 크누텐을 만난 지도 오래되었군. 분명 10년은 되었을 텐데. 다시 그를 마주 대하기가 어렵겠는걸, 하고 나는 생각한다. 그리고 크누텐은 아마도 이렇게 생각하고 있을 것이다. 알고 있었지. 저 친구를 다시 만나게 되리란 걸 알고 있었어. 내가 알던 다른 사람들을 만나게 되리란 것도. 나는 그걸 두려워하고 있었지. 무슨 말을 꺼내야 할까. 그건 너무도 오래전 일인데. 우리 형편엔 이곳에서 휴가를 보내는 게 전부지. 음악 교사에, 긴 휴가 기간. 이곳일 수밖에. 다른 곳으로 가는 건 감당이 안 되니까. 이곳에 있어야 해. 다른 건 아무것도 할 수 없어. 그리고 저기, 저기서 저 친구가 걸어오고 있었지. 옛날에, 여러 해 전에 말이야. 저 친구가 내 쪽으로 걸어오고 있었어. 그리고 크누텐은 이렇게 생각한다. 걸음을 멈춰야겠군. 저 친구에게 말을 걸어야겠어. 그러자 우리는 멈추고서, 길가에 나란히 서서, 이야기를 한다. 순조롭다. 우리는 편하게 이야기를 나눈다. 우리 만난 지 아주 오래됐지, 라고 이야기를 나눈다. 그리고 나는 그에게 바다에 나가 낚시를 할 의향이 있느냐고 묻는다. 그런데 그의 딸들 중 하나가 이제 그만 가야 한다고 닦달을 하기 시작한다. 그러자 크누텐이 우리는 소비자 조합에, 마트에 가는 길이라고 말한다. 그러자 나는 도서관에 가는 길이라고 말하고, 나중에 다시 이야기하자고 말한다. 그리고 내가 크누텐의 아내에게 고개를 끄덕여 보이자, 그녀가 마주 고개를 끄덕인다. 그녀가 내 눈을 빤히 쳐다본다. 갈색 눈동자. 그녀는 차분한 모습으로, 내 눈을 빤히 쳐다본다. 그리고 크누텐은 이렇게 생각한다. 내가 원하는 건 평화로운 시간이야. 다른 건 바라지도 않아. 그런데 아내가 저 친구를 저렇게 바라보고 있군. 저 친구의 눈을 들여다보고 있어, 하고 생각한다. 아내는 늘 저렇게 쳐다보는군, 하고 그는 생각한다. 난 다만 평화롭게 쉬고 싶을 뿐이야. 그게 전부라고. 그런데 아내가 저렇게 저 친구를 들여다보고 있어. 저 친구의 눈을 들여다보고 있다고, 하고 그는 생각한다. 그리고 나는 길모퉁이를 지나 도서관 쪽으로 걸어가고, 크누텐은 반대편으로, 소비자 조합 쪽으로 걸어간다. 그리고 크누텐은 이렇게 생각한다. 더는 사람들을 만나고 싶지 않아. 무슨 말을 꺼내야 할지 모르겠어. 다 너무 옛날 일인걸. 크누텐은 길을 따라 내륙 쪽으로 걸어간다. 그가 걸음을 멈추고, 아내와 딸들을 기다린다. 그들이 그에게 합류하자, 다함께 길을 따라 내륙 쪽으로 걸어간다. 그들은 길 아래쪽에 자리한 보트하우스를 지나친다. 크누텐은 자신이 어렸을 적에 자주 이 보트하우스 안에서 놀았다고 말한다. 그의 아내는 대답을 하지 않는다. 그녀는 계속 걷기만 한다. 크누텐은 길가에 남아 서서 그 보트하우스를 바라본다. 그는 보트하우스로 걸어 내려가, 벽에 손을 대어 본다. 이 보트하우스 안에서 자주 놀았지, 나와 그 친구랑 같이. 우린 자주 함께 놀았어, 하고 그는 생각한다. 크누텐이 다시 길에 올라서자, 그의 아내가 이미 저 멀리 길을 걷고 있는 것이 눈에 들어온다. 아내는 꼭 사람들 눈을 그런 식으로 빤히 쳐다본단 말이야, 하고 그는 생각한다. 그리고 그는 걷기 시작한다. 그는 그의 아내와 아이들 뒤에서 걷는다. 그리고 그는 그 자신과 내가 어떻게 지냈는지 떠올려 본다. 매일, 방과 후면 우리는 함께였지. 그 친구가 자전거를 타고 우리 집에 오거나, 아니면 내가 자전거를 타고 그 친구네 집에 가거나, 아니면 보트하우스에서 만나거나, 우리는 학교를 다닐 때도 함께 자전거를 탔지. 점심시간에도 함께였고, 오후가 되어도 우리는 늘 함께였어. 우리가 처음 함께 놀았을 때, 그 낡은 보트하우스 안에서 많은 시간을 보냈지. 그리고 나중엔 우리가 연주한 무도회의 연주와 연습을 했었고, 그때 우린 학교에서, 쉬는 시간에, 뜬금없이 악단을 시작할 생각을 품었어. 크누텐은 길을 따라 내륙 쪽으로 걸어간다. 몇 미터 뒤에서 그의 아내가 걷고 있고, 그의 딸들이 아내 곁에서 걷고 있다. 아이들은 그녀의 손을 하나씩 잡고서, 깡충거리며 길을 따라 걷는다. 그는 몸을 돌려 보트하우스 쪽을 내려다본다. 고향집에 와 본 지도 오래되었군, 하고 그는 생각한다. 어째서 고향집이라고 했을까, 하고 그는 생각한다. 나는 여기에 온 적이 거의 없었는데, 하고 그는 생각한다. 크누텐은 길을 따라 내륙 쪽으로 걸어가고 있고 몇 미터 뒤에 그의 아내가 걷고 있다. 그는 다시 몸을 돌려, 보트하우스 쪽을 내려다본다. 저기서 많이 놀고는 했지. 학교를 마치면 곧장 집으로 가서 식사를 하고, 그러고는 보트하우스로 향했어. 그리고 그 친구가 아직 와 있지 않았을 때는, 조금 기다리면 그 친구가 왔지, 하고 그는 생각한다. 그리고 그는 우리가 정말로 무엇을 했던가 하고 떠올려 본다. 우리가 보트하우스 안에서 뭘 했던 걸까. 뭐가 진짠지 긴가민가하군. 아마도 특별한 건 없었을 텐데. 그리고 크누텐은 우리가 보트하우스 위층에 비밀기지를 만들었고, 그곳에서 함께 많은 시간을 보냈음을 떠올린다. 우린 해변에서 찾은 것들을 주워 모았지. 대개 빈 플라스틱 병들, 유목, 플라스틱 장난감 조각일 때도 있었고, 빈 비닐봉지들이기도 했어. 그리고 우리가 찾은 것들을 보트하우스로 옮겨 와서, 분류를 하고, 숨겼어. 그 밖에 시간이 지나면서 우리는 서로 암호명을 사용했고, 암호로 메시지를 썼지. 크누텐은 우리가 늘 그곳에 있었음을 떠올린다. 지금에 와서는 너무도 사소해 보이는 그 일들이, 그때 당시에는 훨씬, 훨씬 더 큰, 거창하고 비밀스러운 일로 보였어. 크누텐은 길을 따라 내륙 쪽으로 걸어가, 다시 아내를 따라잡고는, 그가 보여 줬던 보트하우스 안에서 우리가 정말 많은 시간을 보냈음을 말해 준다. 그러자 그녀가 당신 이미 그 말 했었어, 라고 말한다. 그런데도 크누텐은 여전히 말을 해야겠다는 듯, 생각해 보니까 이상하더란 말이야. 지금 돌이켜 보면, 전부 다 사소해 보이고, 우리가 무슨 일들을 했었는지 떠올리기조차 어려워. 우린 해변에서 쓰레기를 주워 모았고, 암호명을 쓰거나 그런 비슷한 것들을 했어. 그런데 그때 당시에는 모든 게 다 참 거창했단 말이야, 라고 말한다. 그의 아내는 그래, 그런 경우가 많지, 라고 말한다. 그들은 길을 따라 걸어, 소비자 조합에 이른다. 안으로 걸어 들어갈 때 크누텐은 주뼛주뼛한다. 여기 와 본 지도 정말 오래됐군, 어렸을 적엔 여기 자주 왔었는데. 어머니를 위해 장을 봤었어. 수중에 돈이 생기면, 군것질을 하러 왔었지. 그런데 그렇게나 오랫동안 여길 오지 않았군, 하고 그는 생각한다. 그가 안으로 들어서자, 그의 딸들이 마트 안을 뛰어다니기 시작하고, 그의 아내는 장바구니를 집어 들고 선반들 사이를 걷는다. 크누텐은 그의 아내 곁에서 걷는다. 그는 주뼛주뼛한다. 이 마트는 꼭 예전 그대로야. 아무것도 달라진 것 같지 않아. 냄새도 똑같아. 다른 손님들이 없는데도, 크누텐은 그의 아내 곁에 붙어서 마트 안을 걷는다. 계산대에는 어린 소녀 하나가 앉아 있다. 그들은 마트 안을 돌아다닌다. 가끔씩 크누텐은 딸들을 힐끗 쳐다본다. 크누텐은 계산대에 앉아 있는 저 어린 여자애는 누군지 모르겠군, 그리고 마트 안엔 다른 손님들도 없고, 두려워할 것은 없겠어, 하고 생각한다. 그리 난처할 일

은 없겠지, 겸연쩍을 일은 없을 거야, 하고 그는 생각한다. 그
들은 장을 보고, 돈을 지불하고, 다시 길을 따라 걸어간다. 크
누텐은 보트하우스를 바라보다가 이 보트하우스는 정말 이
상하단 말이야, 라고 말한다. 그의 아내는 대답을 하지 않는
다. 크누텐은 소비자 조합에 있는 건 생각보단 나쁘지 않더군,
이라고 말한다. 그러자 그의 아내가 당신 그 오만 가지 일에
호들갑 떨면서 걱정하고, 옛 친구들 만날까 흠칫거리는 짓 좀
그만둬, 그럴 거면, 왜 휴가 때 여길 오자고 한 거야, 참 나, 다
른 걸 할 수도 있었잖아, 안 그래, 라고 그녀가 말한다. 그러자
크누텐은 대답하지 않고, 계속 걷기만 한다. 그들이 집에 이
르자, 그의 딸들은 바깥에 남고, 그의 아내는 안으로 들어간
다. 크누텐은 정원 탁자 곁에 앉아 피오르를 넘어다본다. 화창
한 여름날 오후이고, 그의 딸들이 주변을 뛰어다니며 깔깔대
는 소리가 그의 귀에 들려온다. 그리고 크누텐은 오늘 나를
만난 일을 떠올려 본다. 아내가 그 친구를 그런 눈빛으로 쳐
다본 것은 당연한 일이야, 우리가 서로 말을 섞은 지도 무척
오래됐으니, 하고 크누텐은 생각한다. 지금 나는 결혼을 했고,
아내와 두 딸이 있으며, 일정한 수입이 있고 교육을 받고 있
어, 반면에 그 친구는 여전히 자기 어머니랑 살며, 그 세월 내
내 이룬 것도 없이 지내고 있지, 하고 그는 생각한다. 그리고
그 친구는 여전히 옛날과 똑같아, 다른 곳에서는 지내 본 적

없이 집에서만 살고 있어. 뭐, 기타를 연주하고, 음반을 듣고, 민속춤마당의 반주를 시작했다는데, 분명 돈이 좀 필요해서 일 거야, 하고 크누텐은 생각한다. 그리고 그는 내게 무슨 말을 꺼내야 할지 모르겠다고 생각한다. 그건 너무도 옛일이야, 그 보트하우스처럼 지금은 모든 게 너무나 달라. 그곳은 정말로 큰, 거의 내 모든 삶이었던 곳인데. 그런데 지금 거기엔 아무것도 남아 있지 않아. 대부분의 것들이 그렇듯이, 결국엔 아무것도 남지 않아. 그냥 사라지지. 모든 것은 달라져. 한때 그랬던 것은 예전과는 꽤나 다른 어떤 것이 되어 버려. 사소해지고, 아무것도 아닌 것이 돼. 그런 식인 거야. 어쩔 수 없는 일이지, 그냥 그런 거야, 하고 생각한다. 크누텐은 그의 정원에 앉아 있다. 그의 딸들은 주변을 뛰어다니며 놀고 있다. 잠시 뒤 그는 집 안으로 들어가더니, 신문을 들고 다시 나와, 정원 의자에 다시 앉는다. 크누텐은 오늘 나를 만난 일을 떠올려본다. 그 친구는 아무런 일도 겪지 않은 것처럼 똑같더군, 아내는 그 친구를 그녀 특유의 방식으로 쳐다봤지, 그녀는 늘 그래, 하고 그는 생각한다. 그리고 그 친구가 함께 바다에 나가 낚시하겠느냐고 물었었지. 난 배를 타고 나가는 일은 한 번도 좋아해 본 적이 없는데 말이야. 낚시는 결코 내 취미가 아니야, 하고 크누텐은 생각한다. 그러다 크누텐이 피오르 쪽을, 집 아래의 만을 내려다보는데, 배 한 척이 해안을 따라 천천히 미끄러져 오는 것이 보인다. 저거 그 친구로군. 이라고 그가 말한다. 크누텐은 난 피오르에 나가고 싶지 않은데, 한 번도 즐겨 본 적이 없어, 그건 내 취미가 아니야. 하고 생각한다. 그리고 그가 저기 아래쪽의 배, 선외 모터가 달린 조각배를 바라보는데, 그 배는 만 안에서 해안을 따라 몇 번 선회하다가, 그 자리에 잠시 멈춰 있더니 속도를 내어 피오르 안쪽으로 사라진다. 크누텐은 정원에 앉아서, 그의 아내가 그녀 특유의 방식으로 나를 빤히 쳐다보던 것을 떠올린다. 그의 아내가 밖으로 나오는데, 그녀는 방수 장화, 우비를 제대로 갖춰 입고 있다. 그녀는 나 바다에 나갈 거야. 전화로 이웃한테 배를 빌리기로 했어. 선외 모터를 사용하는 방법만 알면 문제없이 사용할 수 있을 거야. 연료 탱크는 꽉 차서 휘발유도 충분해. 라고 말한다. 그러자 크누텐이 낚시를 갈 것이냐고 묻는다. 그러자 그녀가 그럴 셈이야, 낚싯대랑 전부 다 배 안에 있어, 그런데 당신은 나랑 안 갈 거지, 당신은 바다에 나가는 걸 싫어하니까. 라고 말한다. 그러자 크누텐이 맞아, 난 싫어해, 그렇대도 당신은 혼자라도 갈 수 있지, 그런데 꼭 조심해야 해, 라고 말한다. 그러자 그녀가 당신 선외 모터 쓰는 것 좀 도와줄 수 있겠어, 난 모터를 어떻게 쓰는 건지 모르니까, 낚시 도구에 대해서도 당신이 좀 알려 줘야 해, 그럴 수 있지, 라고 말한다. 그러자 크누텐이 물론 그럴 수 있지, 문제 없어, 라고 말한다. 그러자 그녀가 그에게 바로 와, 보다시피 난 준비됐어, 라고 말한다. 그러고서 그녀는 해안 쪽으로 걸어 내려가기 시작한다. 그러자 크누텐은 그녀의 몇 미터쯤 뒤에서 그녀를 따라간다. 그가 그녀의 뒤에서 해안 쪽으로 걸어 내려간다. 그들은 큰길을 건너 해안을 따라 걷는다. 그녀가 앞서고, 그는 따라간다. 그러다가 그녀가 멈춰 서더니, 어디로 가야 하는지 묻는다. 그러자 크누텐이 큰길을 따라 내륙 쪽으로 가는 거야. 그러면 해안 쪽으로 내려가는 길이 있어, 라고 말한다. 그러자 그녀는 아래쪽으로 구부러진 길을 바라보며 걷기 시작한다. 그녀가 비탈길을 내려간다. 그 길은 가장자리에 난 작은 개울을 따라 이어지고 있다. 비탈은 풀을 깎은 지 좀 되었는지 풀들이 다시 자라기 시작하고 있다. 크누텐의 아내와 크누텐은 해안 쪽으로 걸어 내려간다. 그녀가 앞서고, 그가 따라간다. 그들은 졸졸 흐르는 개울을 따라 걷는다. 크누텐이 플라스틱 배를 육지로 끌어당기고, 갑판에 올라 배 안에 뉘여 있는 낚싯대 하나를 들고는, 미끼 몇 개를 집어 들고, 그의 아내에게 장비를 어떻게 사용하고, 어떻게 낚싯대를 던지고, 미끼를 교체하는지 설명한다. 그리고 크누텐은 선외 모터를 물속으로 내리고는 어떻게 모터를 작동시키고 어떻게 배를 대는지 그녀에게 설명한다. 크누텐이 다시 뭍으로 올라가자, 그의 아내는 보트를 묶은 줄을 풀고, 선외 모터를 작동시킨다. 배는 천천히 미끄러져 나간다. 그녀가 가속을 하자, 속도가 올라간다. 크누텐은 피오르 저만치 사라져 가는 그녀의 노란 우비를 바라본다. 그런데 그녀가 재빠르게 몸을 돌리더니, 손을 들어 올려 그에게 흔든다. 다시 비탈을 걸어 올라가기 전에 크누텐은 해안에 서 있다가, 마주 손을 흔든다. 크누텐은 집으로 향한다. 거실에 앉아 텔레비전을 켜는데, 그는 자신이 보고 있는 것에 집중이 되질 않는다. 그의 어머니가 거실로 들어온다. 그녀가 왜 아내랑 같이 낚시하러 안 갔니, 어째서 가질 않은 게냐, 라고 묻는다. 크누텐은 피오르에 나가는 게 싫어서요, 라고 말한다. 그의 어머니가 자리에 앉는다. 그녀가 뜨개질감을 집어 든다. 크누텐은 텔레비전을 보고 있지만, 그는 자기가 보고 있는 게 무엇인지 알아채지 못한다. 그의 어머니가 커피 좀 들겠니, 라고 묻자, 크누텐이 그거 좋겠네요, 라고 말한다. 그러자 그의 어머니가 잔 두 개와, 커피 주전자와, 과자 접시를 가지러 간다. 크누텐은 텔레비전을 보려고 하지만, 눈에 들어오질 않는다. 그의 어머니는 아이들이랑, 손주들이랑 있으니 좋구나, 그렇지만 걔들이 자러 갔을 때도 확실히 좋지, 라고 말한다. 크누텐이 집은 조용할 때가 좋죠, 라고 말한다. 그는 텔레비전을 바라본다. 그는 자신이 보고 있는 것에 몰입하지 못하고 있다. 그의 어머니가 넌 착한 딸내미 둘을 얻었잖니, 라고 말한다. 크누텐은 그 아이들과 함께할 수 있어서 다

행이죠, 맞아요, 라고 말한다. 크누텐이 자리에서 일어나더니, 산책 좀 할까 싶네요, 라고 말한다. 그러자 그의 어머니가 그러려무나, 저녁 산책은 좋은 일이지, 라고 말한다. 크누텐은 밖으로 나가, 피오르를 쳐다본다. 그러나 그녀의 배는 보이지 않는다. 그는 피오르를 바라보며, 길을 따라 걸어 보트하우스를 지나친다. 그리고 그는 오늘 나를 만난 일을 생각한다. 여러 해 동안 그 친구를 만나지 못했지, 못 본 지 적어도 10년은 되었을 거야, 우린 함께 많은 시간을 보내곤 했고, 밴드에선 연주도 함께했어, 그리고 오늘 그 친구와 다시 마주쳤지, 이상하게도 그 친구랑은 오랜 시간 만나지 못했어, 난 그 친구를 다시 만나는 걸, 다른 사람들을 다시 만나는 걸 두려워해 왔지, 너무나 오래전이어서, 난 무슨 말을 꺼내야 할지 몰랐으니까, 그런데 아내는, 크누텐은 그의 아내를 떠올린다. 그녀는 그 친구를 그녀 특유의 방식으로 빤히 쳐다봤지, 지금 그녀는 바다에 나가 있어, 그녀의 노란 우비, 두건 아래의 검은 머릿결, 그녀의 눈, 갈색 눈동자, 그리고 크누텐은 같이 피오르에 나갈 텐가, 낚시를 좀 할 수 있을 텐데, 라고 내가 물었던 것을 떠올린다. 아내가 그 말을 들었었지, 그런 이유로 그녀가 지금 피오르에 나가 있는 거야, 그녀가 그 친구를 만나고 싶어 했으니까, 그리고 그 친구는 지금 자기가 낚시를 하러 간다는 걸 그녀에게 보이고 싶어서 우리 집 아래쪽의 만을 한 바퀴 돌았던 거야. 피오르를 따라 작은 섬 쪽으로 배를 몰면서 속도를 올려야 했겠지. 우리가 오늘 마주쳤을 때, 그 친구가 주로 낚시를 하러 가는 곳이 그 작은 섬이라고, 행선지를 말하지 않았으니까. 크누텐은 길을 따라 내륙을 걷는다. 그러면서 그의 아내가 나를 만나고 싶어서 낚시를 하러 간 것이라고 생각한다. 그는 오늘 그녀가 나를 바라보던 눈빛을 알아챘다. 그는 그 눈빛의 의미를 알고 있다. 크누텐은 길을 따라 내륙을 걸으면서, 우리가 연주했던 무도회에 와 있던 그 소녀를 생각한다. 내 입장에선, 그런 뜻이 아니었어. 내 입장에선 오직 약간 장난을 친 것뿐이었어. 지금 와선 내가 원한다 하더라도, 그렇게 될 순 없어. 난 아무런 부적절한 의도를 가지고 있지 않았고, 그 여자애에 대해서도 아무런 특별한 생각을 하지 않았어. 그녀는 그저 평범한 여자애였을 뿐이야. 그런데도 난 그 이후로 꽤나 이상해졌지. 몸을 사리고, 무척 수줍음을 타게 되고, 연습하기도 싫어져서 연주할 일이 있을 때만 참석했어. 나한테 무슨 일인가가 일어났던 거야. 그리고 크누텐은 그 이유를 모르겠다고 생각한다. 그녀를 단지 특별할 것 없는 평범한 여자애라고 생각했는데, 그 후로 난 너무나 이상해졌어. 아직도 기억나. 우리가 연주를 했던 그 세월 동안의 모든 일들을 다 기억하는 것은 아니지만, 그 일만큼은, 그 이상한 사건만큼은. 아냐. 난 잘 기억이 나지 않아. 뭔가 이상해. 잘 기억이 나지 않아. 뭔가 이상한 일이 일어났어. 뭔가 내가 잘 이해할 수 없는 어떤 일이. 그리고 크누텐은 길을 따라 걸으며 피오르를 바라본다. 계속 걷자. 그는 서두른다. 잘은 몰라도 계속 걷는 거야. 그는 피오르를 흘깃 쳐다본다. 아무것도 안 보여. 어떤 배도 보이지 않아. 그 친구의 배도, 그녀의 배도. 그리고 크누텐은 그녀가 이웃에 전화를 걸어 배를 빌린 일을 떠올린다. 물론, 그건 별문제가 없었지. 크누텐은 작은 섬 가까이에 이르러 길가에 멈춰 선다. 그러자 배 두 척이 눈에 들어온다. 작은 섬 안쪽에 배 두 척이 있고, 그중 한 척에 그녀가, 다른 한 척에 내가 앉아 있다. 배들은 서로 가까이 붙어 있다. 크누텐은 길가에 서서, 작은 섬을 내다본다. 그러다가 내가 몸을 돌려, 크누텐을 쳐다보더니, 몸을 돌린다. 저 친구가 날 봤다는 걸 내가 알아차려선 안 되기 때문이지, 그런 거지, 하고 크누텐은 생각한다. 배 두 척이 작은 섬에 정박해 있다. 크누텐은 길가에 서서, 내가 알아챘던 게 바로 이거야. 늘 이런 식이지, 하고 생각한다. 오늘 아내가 그 친구를 바라보던 눈빛, 내가 알았어야 했는데. 늘 이런 식이지. 크누텐은 길가에 서서 우리를 쳐다보고 있다. 그때, 그 무도회에서, 그 여자아이한테, 난 아무런 뜻도 없었어. 내가 무슨 잘못을 저질렀는지 몰랐다고. 그건 그냥 그렇게 됐던 거지. 아무것도 아니었어, 하고 그는 생각한다. 크누텐은 우리를, 서로 나란히 정박

153

해 있는 배를 쳐다본다. 그러더니 길을 따라 걸어오기 시작한다. 가만히 서 있을 순 없어, 하고 크누텐은 생각한다. 그리고 그는 그 배들을, 하나는 나무로, 하나는 플라스틱으로 된 두척의 조각배를, 두 개의 선외 모터들을 바라본다. 그러다 크누텐은 그의 아내가 앞으로 몸을 기울이는 것을, 그녀의 노란 우비를, 그리고 그녀가 미소 짓는 것을 목격한다. 그의 아내는 그녀의 배 가운데에 앉아 있고, 나는 내 배의 가운데에 앉아 있다. 우리는 배 가운데의 가름대 위에 앉아 있는데, 그는 이제야 그것을 목격한다. 이전에는 알아차리지 못했다. 그는 그녀가 자기 배를 내 배에 묶는 것을 목격하고, 그녀가 내게 미소 짓는 것을 목격한다. 우리는 함께 이야기를 나누고 있고, 그녀는 몸을 앞으로 기울여 미소를 짓고 있다. 크누텐은 여기 가만 서 있을 순 없어, 저들이 나를 봤을까. 저들은 이미 날봤을지도 몰라, 저 친구가 고개를 들진 않았지만, 뭍 쪽을 봤어, 날 보고는, 바로 시선을 다시 돌린 거야, 맞아, 그랬어, 하고 크누텐은 생각한다. 그리고 그는 길을 따라 내륙으로 걸어가기 시작한다. 그는 길을 걸으며, 집에 가는 게 낫겠어, 하고 생각한다. 그리고 그는 걸으면서, 피오르를 흘깃 내려다본다. 그러다 그는 내가 그녀 배의 닻줄을 푸는 것을 목격한다. 그것은 내 배 가운데의 가름대에 묶여 있었다. 그는 내가 닻줄을 그녀에게 던져서 넘겨주는 것을 본다. 그녀는 선미로 걸어가, 선미에 앉아서, 모터를 작동시키려고 시도한다. 시동줄이 끙음을 낸다. 그녀는 다시 시도한다. 또다시 끙음, 그러자 모터가 작동한다. 이제 아내는 집으로 향할 테지. 지금 집에 가는 게 낫겠어, 하고 크누텐은 생각하다가, 걸음을 멈춘다. 그는 그녀가 작은 섬 쪽으로 선회하는 것을 목격한다. 그리고 크누텐은 내가 배에 시동을 거는 소리를 듣고, 내가 다른 방향으로 배를 모는 것을 본다. 그러다 내가 그의 아내에게 손을 흔들고, 그녀가 방향을 돌려 내 배를 따라가는 것을 목격한다. 크누텐은 이제 둘이 작은 배의 뭍에 오를 셈인가 보군, 헤더 꽃밭 안에서 속닥거릴 셈인가, 하고 생각한다. 그러다 크누텐은 스스로에게 웃음을 터뜨리고는, 길을 따라 내륙으로 걸어가기 시작한다. 걸음을 서두르며, 그는 자신에게 웃음을 터뜨린다. 난 집에 가는 게 좋겠군, 하고 생각한다. 저들이 나를 보지 못하는 한은, 하고 생각한다. 그렇지만 저 친구는 날 봤어, 저 친구는 고개를 들었고, 다시 내렸지, 저 친구는 분명 날 봤어, 그리고 이제 저들은 뭍으로 갔지. 저들은 작은 섬에 머물 셈이겠지, 늘 이런 식이야, 난 오늘 아내가 저 친구를 보는 눈빛을 알아차렸어, 늘 이런 식이었지. 크누텐은 길을 따라 내륙으로 걸어간다. 그는 길가에 서 있어야 할 이유가 없으니, 집으로 가기로 마음먹는다. 그는 길을 따라 내륙으로 걸어간다. 그리고 그는 나와 그의 아내가 작은 섬에 올라 있음을 떠올린다, 일이 벌어져야겠지, 무도회에서의 그 여자아이는, 내게 아무런 의미도 없었어, 그렇지만 그렇게 된 걸, 이제 와선 어쩔 도리가 없어, 하고 생각한다. 그리고 그는 길을 따라 내륙으로 걸어간다. 크누텐은 피오르를 내려다보다가, 피오르로 뻗은 곳을 하나 발견한다. 그는 걸음을 멈춘다. 크누텐은 저기로 내려갈까 생각한다, 저들이 집으로 향할 때까지 기다려야겠군, 어쨌거나 저들은 날 봤을 테니, 하고 그는 생각한다. 그리고 크누텐은 그 곳으로 내려간다. 여기 머물러도 괜찮은 걸까, 이제 날이 어두워지기 시작하는데, 여기 눌러앉아서 저들을 기다리는 건 그냥 멍청한 짓일 텐데, 하고 생각한다. 크누텐은 여기 가만 앉아 있을 순 없다고 생각한다. 그때 그 무도회에서 그 여자애와 있었던 일은, 너무도 옛날 일인 데다 그저 약간의 장난이었을 뿐이야, 내가 어떻게 알았겠어. 그리고 그 후로 오랫동안 난 정말 이상해졌어, 더는 원치 않았는데도 모든 게 전과는 같지 않았고, 더는 원치 않았는데도 난 몸을 사리게 됐어, 모든 게 달라졌다고, 난 몰랐어, 알 수가 없었어, 그건 그저 그렇게 일어난 일일 뿐이야, 내가 어찌 알았겠어, 난 알 수 없었어, 불가능했다고. 크누텐은 그 자리에 앉아서 기다린다. 그는 그냥 그 자리에 앉아서, 그 자리에 앉아서 머무르기로 마음먹는다. 그냥 여기 앉아 있자, 하고 그는 생각한다, 그러다 그는 자신이 웃음을 터뜨리는 소리를 듣는다, 여기 눌러앉아 있는 거야. 그런데 그때 두 개의 선외 모터 소리가 들린다. 그는 자리에서 일어나, 곶으로 내려간다. 그 순간 그는 내 배를 언뜻 본다. 먼저 나를. 그리고 배 두어 척 거리 뒤로, 내 배가 일으키는 물결에 흔들리며 다가오는 그녀의 보트를. 그는 곶 아래쪽에 자리를 잡고 선다. 그가 나를 본다. 그리고 내가 그를 발견했을 때 크누텐이 손을 들어 올리고는 흔든다. 내가 크누텐에게 손을 흔들고, 크누텐은 내가 속도를 늦추는 것을 본다. 내가 뭍 쪽으로 방향을 틀자, 크누텐은 그의 아내가 똑같이 하는 것을 바라본다. 크누텐은 내가 배를 천천히 뭍에 대는 모습을 지켜본다. 처음에 크누텐은 아무 말도 하지 않다가, 마침내 집에 가는 길에 아내의 배에 탈 수 있겠군, 하고 생각한다. 그러고는 저녁 산책을 했다는 둥 잡다한 얘기들을 한다. 그리고 크누텐은 아내의 배에 올라탄다. 그러자 그녀는 자기가 잡은 물고기를 그에게 보여 준다. 내일 저녁이 되겠군, 이라고 크누텐이 말한다. 그러더니 그는 작별 인사를 하고는, 선미로 가서 선외 모터를 작동시킨다. 피오르로 배를 몰아 나갈 때 크누텐은 뒤를 돌아보지 않는다. 그리고 그는 마침내 끝났군, 하고 생각한다. 그는 그의 아내에게 즐거웠나, 하, 분명 그랬을 테지, 하고 묻는다. 그녀는 대답을 하지 않는다. 그러자 그가 그게 좋았다면, 왜 당신이 나한테 와야 하는 건데, 젠장 왜 그러는 거냐고, 라고 말한다. 그녀는 대답을 하지 않는다. 왜 당신이 그래야 하는 거냐고, 라고 크누텐이 다시 묻는다. 그녀는 대답을 하지 않는다. 아무런 말도 하지 않고서. 그녀는 배 가운데의 가로대 위에 앉아 있다. 그녀는 대답하지 않고, 심지어 돌아보지도 않는다. 그러자 크누텐이 고개를 내저으며 웃음을 터뜨리기 시작한다. 크누텐은 달리 아무런 말도 없이, 배를 집으로 몰아, 그들은 집에 이른다. 그녀는 해변을 걷다가, 집 쪽으로 비탈을 걸어 올라가고, 그는 배를 정박한다. 그 대구는 배 안에 남겨진 채다. 크누텐은 그 물고기를 들어 올려 바다에 던져 버린다. 그러자 즉시 갈매기들이 달려든다. 크누텐은 집으로 걸어가, 문을 닫아걸고, 잠자리에 든다. 아내는 이미 잠자리에 들어 있다. 크누텐이 당신 이제 그만 진정할 필요가 있어, 라고 말하자. 그녀가 나 자고 싶어. 지금은 날 좀 내버려 둬, 라고 말한다. 크누텐은 더 이상 아무 말도 하지 않는다. 그리고 이튿날 그는 느지막이 일어난다. 이미 해가 중천이다. 아내는 이 짓을 그만둬야 해, 계속 이럴 순 없어, 그녀가 그 친구를 쳐다보는 눈빛, 그건 일어나선 안 될 일이야, 하고 크누텐은 생각한다. 크누텐은 침대에 오랜 시간 머물러 있다. 그리고 그는 이제 무슨 수를 써야 해, 아내와 그 친구는 그 작은 섬에 올라 있었어, 그 작은 섬에 올라 둘이 뭘 했는지 물어봐야겠어, 알아내야 해, 그건 일어나선 안 될 일이야. 그리고 무도회에서의 그 여자아이, 그건 너무도 옛날 일이야, 그리고 난 몰랐어, 내 잘못이 아니야, 하고 생각한다. 크누텐은 침대에 머무른다. 그의 딸 중 하나가 와서 점심때라고 말할 때까지 그 자리에 머무른다. 그가 아래층으로 내려갔을 때 다른 이들은 이미 식탁에 자리해 있다. 그의 아내는 크누텐을 쳐다보지도 않고, 크누텐과 그의 아내 모두 식사하는 동안 서로 한 마디도 하지 않는다. 크누텐은 그녀를 추궁해야겠다고, 아내와 내가 그 작은 섬에 올라 무엇을 했는지 알아야겠다고 생각한다. 누구도 입을 열지 않는다. 점심 식사 후, 크누텐은 다시 침실로 올라가 침대에 드러누워 책을 읽으려 한다. 그러면서 그는 아내와 그 친구가 그 작은 섬에 올라 무엇을 했을까, 꼭 그녀에게 물어봐야겠어, 무도회에서의 그 여자아이의 일은, 그건 그저 약간의 장난이었을 뿐이야, 내 잘못이 아니라고, 그런데도 그 후에 난 정말 이상해졌고, 무척이나 몸을 사리게 됐어, 연습도 더는 하기 싫어졌지, 그렇지만 그건 너무나 옛날 일이야, 하고 생각한다. 크누텐은 침대에 드러누워, 반드시 그녀에게 물어봐야겠어, 알아내야 해, 여기 와서 옛 지인들을 만난들, 무슨 말을 해야 할지를 모르는걸, 하고 생각한다. 그런데 그의 어머니가 올라와, 문에 노크를 하고는 고개를 숙이고 들어오더니, 커피 들겠니, 하고 묻는다. 그러자 크누텐이, 고마워요, 그거 좋겠네요, 라고 말한다. 그러고서 그는 이제 아내에게 그녀와 그 친구가 어제 그 작은 섬에 올라 무엇을 했는지 물어봐야겠어, 하고 생각한다. 크누텐은 거실로 내려간다. 그곳엔 오직 그의 어머니만 있다. 크누텐이 아내가 어디 갔는지 묻자, 그의 어머니가 아내랑 애들은 산책을 나갔다고 말한다. 그러자 크누텐은 아내가 지금 그 친구를 만나러 갔군, 길을 따라가다 그 친구를 볼 수 있을까, 그 친구를 만날 수 있을까 싶어서, 분명 소비자 조합으로 갔을 거야, 하고 생각한다. 그게 아내가 여기 없는 이유지, 하고 그는 생각한다. 커피를 다 마시고 나서, 크누텐은 바깥에 앉아 있을게요, 라고 말한다. 그러자 그의 어머니가 네 아내는 분명 곧 돌아올 텐데, 그저 산책을 나간 것뿐이니까 말이야, 라고 말한다. 크누텐은 정원으로 가 그곳에 자리를 잡고 앉는다. 그는 책을 한 권 들고 왔고, 그것을 읽으려 한다. 그는 아내와 아이들이 곧 집에 오겠지, 그럼 꼭 그녀에게 물어봐야겠어, 알아낼 테다, 아내와 그 친구가 그 작은 섬에 올라 무엇을 했는지 말이야, 꼭 물어봐야겠어, 하고 생각한다. 웃음소리가 들려와 크누텐이 바라보니 딸들이 집을 향해 달려오고 있다. 조금 뒤 그 뒤로 그의 아내가 걸어온다. 크누텐이 그녀에게 고개를 끄덕인다. 그녀가 다가와 그의 곁에 앉는다. 크누텐이 산책하니까 좋았어, 라고 묻자, 그녀가 응, 그랬어, 라고 말하고는, 당신 이제 진정된 거야, 이성을 다시 찾았느냔 말이야, 당신이 이런 식으로 굴면 나는 참을 수가 없어, 라고 말한다. 크누텐은 대답을 하지 않는다. 그녀가 당신은 이 짓거릴 그만둬야 해, 라고 말한다. 크누텐은 대답을 하지 않는다. 그의 아내는 고개를 내젓고는, 일어서서 안으로 들어간다. 크누텐은 지금 당장 그녀에게 물어봐야겠어, 아내와 그 친구가 그 작은 섬에 올라 뭘 했는지 알아내야겠어, 꼭 그 일에 대해 물어봐야 해, 하고 생각한다. 크누텐은 그녀에게 물어보기로 마음먹고, 집 안으로 들어선다. 그리고 물어봐야 한다고 생각하는데, 그는 거실 안으로 들어가고 싶지가 않다. 그 무도회, 그 여자아이, 그렇지만 그건 아무런 의미도 없었어, 그는 다락으로 올라간다. 아내는 다만 그 짓을 그만둬야 한다고만 말할 뿐, 아무런 대답을 하지 않겠지. 크누텐은 다시 침대에 드러누워, 책을 읽으려 한다. 그는 자신이 그녀에게 물어보아야 한다고 생각한다. 그런데 계단을 밟는 소리가 들리더니, 깔깔대는 소리가 들려온다. 그리고 그의 아내가 한 손에 딸 하나씩을 데리고 다락에 올라와서는, 오늘 밤은 당신이 애들을 재워, 이번은 당신 차례야, 라고 말한다. 크누텐은 먼저 애들을 재워야겠다고 생각한다. 그런 다음에 아내가 그 친구를 그런 눈빛으로 쳐다본 이유를 물어봐야겠군, 하고 그는 생각한다. 크누텐이 아이들을 침대에 눕히고, 아이들에게 책을 읽어 준다. 그렇지만 아이들은 전혀 피곤하지가 않고, 자려고 들질 않는다. 그런데 그때 복도에서 목소리들이 들려온다. 딸아이들 중 하나가 침대에서 벌떡 일어나자, 크누텐이 당장 자리에 누우라고 말한다. 딸은 동그래진 눈을 하고 침대에 앉아 귀를 기울인다. 크누텐이 그냥 누가 얘기하는 거니까 다시 침대에 눕도록 해, 라고 말한다. 그런데 다른 딸아이도 침대에 일어나 앉는다. 딸들이 서로를 쳐다본다. 그러자 크누텐이 밤이 늦었으니까 너희들 당장 누워 자도록 해, 라고 말한다. 첫째 딸이 침대에서 기어나오더니, 크누텐을 바라보다가, 문으로 다가가 그것을 열고는 다시 크누텐을 쳐다본다. 그러더니 그녀는 밖으로 나서며 등 뒤로 문을 닫는다. 그러자 그의 귀에 그녀가 계단을 걸어 내려가는 소리가 들려온다. 크누텐이 둘째 쪽을 바라보자, 그녀는 이미 침대를 기어나올 참이다. 크누텐은, 목소리가 들리는군, 그녀는 그 친구를 데리러 갔던 거야, 그 친구의 집에 그 친구를 데리러, 그를 여기 데려오기 위해, 목소리가 들리는군, 아내의 목소리, 그 친구의 목소리, 목소리만 들려, 아내는 그 친구를 데리러 갔던 거야, 하고 생각한다. 그 친구네 집에 가다가, 아마도 아내는 길에서 그 친구를 만나고서, 이리로 데리고 온 걸 테지, 하고 그는 생각한다. 그런데 둘째가 문을 몰래 빠져나가는 것이 크누텐의 눈에 들어온다. 그러자 그는 그건 상관없어, 뿐만 아니라 애들이 지금 위에 있어도 상관없지, 지금은 저녁이고, 어쨌든 안 될 건 없어, 그 무도회, 나로선 아무런 의미도 없었어, 그 소녀, 난 몰랐어, 하룻밤

눕혀 보려던 게 아니었다고, 몰랐단 말이야. 그건 너무도 옛일이야, 하고 생각한다. 당장 무슨 수를 써야 해. 여기 가만 앉아 있을 순 없어, 그럴 순 없다고, 무슨 수를 써야 해. 내려가자. 아내가 복도에서 그 친구와 함께 있어. 분명 수를 써야 해. 내려가야겠어, 그런데 그러고 싶지가 않군, 그럴 수가 없어, 그럴 수가 없다고. 한데 누군가가 내 이름을 부르는데, 아내가 부르고 있군. 내려가 봐야겠어, 꼭 좀 내려와 보라는군. 어쩔수 없지, 내려가봐야겠어. 크누텐은 자리에서 일어나, 문 쪽으로 걸어가, 불을 끄고, 계단을 내려간다. 그는 나를 바라본다. 나는 현관문 바로 안쪽에, 신은 벗었으나 재킷은 아직 걸친 채로 서 있다. 예전과 마찬가지로군, 하고 크누텐은 생각한다. 모든 게 예전과 마찬가지야. 저 친구가 신은 벗고서, 재킷은 걸친 채로, 복도 가장 멀리에 서 있는 것, 하고 그는 생각한다. 크누텐은 자기 아내는 보지 않고, 오직 내가 그 자리에 서 있는 모습만 바라본다. 모든 게 예전과 마찬가지로, 옛날 방식 그대로야, 하고 그는 생각한다. 그러다 그의 아내가 무언가 말을 꺼내는데, 그는 그 말을 듣지도 않고 들으려 하지도 않는다. 모든 게 예전과 마찬가지로, 옛날 방식 그대로야. 저 친구가 신을 벗은 채 재킷을 걸치고서 복도 가장 멀리에 서 있어. 크누텐은 만면에 미소를 띠며 계단을 걸어 내려와 복도를 따라 걷는다. 그러더니 내게 들어오게, 거실로 들어가자구, 라고 말한다. 크누텐은 모든 게 예전과 마찬가지야, 터무니없는 일은 더 이상 없어, 모든 게 예전과 마찬가지로 순조로워, 하고 생각한다. 크누텐은 거실 문간에 선다. 그는 그 자리에 서서 이래야 마땅하지, 하고 생각한다. 그런데 아내가 거실 안에서 뭐라고 부르고 있군. 아내에게 그녀가 한 행동을, 저 친구를 빤히 바라보던 눈빛을, 아내와 저 친구가 어제 그 작은 섬에서 뭘 했는지를, 꼭 물어봐야겠어, 그게 뭔지 알아내야겠어, 늘 이런 식이지, 나는 아내에게 뭔가를 물어봐야 하고, 그녀에게 대답을 해야 하고, 이건 견딜 수가 없어, 무슨 수를 써야 해, 하고 생각한다. 그런데 부엌 문으로 크누텐의 어머니가 고개를 내민다. 크누텐은 그녀를, 그녀가 웃는 모습을 쳐다본다. 또 한번 예전 그랬던 모습으로 돌아간 것 같군, 아무 일도 없었던 것처럼 말이야. 크누텐의 어머니가 손을 모아 손뼉을 친다, 그건 너무도 옛날 일이야, 아내는, 저 친구를 그런 눈빛으로 바라보고, 저 친구와 함께 배를 타고 나가고, 길에서 저 친구를 지나쳐서 우리 집으로 걸어오지, 무도회에서의 그 소녀는, 아무런 의미도 없었어, 하고 크누텐은 생각한다. 그리고 그는 그의 어머니가 손뼉을 치는 것을 바라보고, 그녀가 뭐라고 말을 하는 것을 듣는다. 모든 게 다 옛날 일이야. 크누텐은 거실로 걸어 들어간다. 모든 게 다 옛날 일이야, 지금은 무척이나 달라져 있어, 하고 그는 생각한다. 이 짓을 계속할 순 없어, 반드시 끝장을 봐야 해. 그가 어머니를 부르는데, 그의 목소리가 이상하게, 아주 딱딱하다. 그가 어머니더러 어머니도 거실로 들어오셔야겠네요, 라며 부른다. 내 목소리가 너무 딱딱하군, 하고 크누텐은 생각한다. 그리고 그는 창가로 다가가, 창문 앞에 걸터앉는다. 이건 견딜 수가 없어, 하고 그는 생각한다. 그리고 그는 팔꿈치를 창턱에 걸치고서 창밖을 내다본다. 그는 만을 내려다보다가 배를 바라본다. 아내는 어제 피오르에 나가 있었고, 작은 섬에 올랐었지. 그녀와 저 친구가 작은 섬에 올라 있었어, 하고 크누텐은 생각한다. 둘이 거기서 뭘 했는지 아내에게 꼭 물어봐야겠어. 참 나, 거기서 둘이 뭔 짓거리를 했던 거야, 하고 생각한다. 그러다 크누텐이 주변을 둘러보더니, 내게 말문을 연다. 크누텐은 그냥 무슨 말이든 꺼내는 거야, 아주 일상적인 얘기를, 하고 생각한다. 그런데 그의 아내가 소파에 앉아 있는 모습이 눈에 들어온다. 그녀는 한쪽 팔걸이에 비스듬히 기대어 있다. 크누텐은 그녀가 내게 무언가 말을 하는 소리를 듣는다. 말을 꺼내야 해, 평범한 방식으로, 특별할 것 없는 일상적인 것에 대해서. 그러다 크누텐은 자신이 무언가 말하는 소리를 듣는다. 그는 자신이 말하는 것이 무엇인지 잘 알아차리지 못하면서도 그저 말을 꺼내고 있다. 그러다가 내가 내일 있을 민속춤마당에 대한 이야기를 꺼내기 시작한다. 그 일로 법석을 떨어야겠지, 거기서 연주하게 된 일로 자랑스러워하고 있으니 법석을 떨밖에, 늘 그렇지, 민속춤마당 얘기를 하고 또 하는 건, 가능하면 나 없이, 내 아내가 거기 와줬으면 하는 것이지. 허튼 소리, 직업도 없고, 아무 일도 안 하고, 끔찍한 아코디언 연주자와 함께 연주를 하면서, 그리고 그걸 자랑스러워하다니, 그 무도회에서의 그 여자아이는, 무슨 일이 일어났던 걸까, 분명히, 그나저나 저 빌어먹을 꼬마 녀석들, 한참 전에 잠자리에 들었어야 했을 것을, 아내는 소파에 드러누워 있군, 다리를 벌리고서 말이야, 꼬마 녀석들이 복도에서 고함을 질러 대는 소리가 지긋지긋하군, 나는 방 한가운데에, 크누텐의 뒤편에 놓인 안락의자에 앉아 있다. 그녀는 소파에 드러누워 민속춤마당에 가고 싶어, 저분이 연주하는 것을 듣고 싶어, 라고 말한다. 꼬마들은 복도에서 떠들어 대고 있다. 지금은 늦은 시간이고, 아이들은 한참 전에 잠자리에 들었어야 했다. 크누텐은 이건 견딜 수가 없어, 반드시 무슨 수를 써야 해, 복도에 가서 녀석들을 진정시키기라도 해야겠어, 하고 생각한다. 그는 복도로 걸어가, 등 뒤로 문을 닫고는 여자아이들에게 너희들 조용히 하도록 해, 언제든 엄마가 올 거야, 오늘 밤은 엄마가 너희를 재울 차례니까, 라고 그가 말한다. 그러자 여자아이들이 조용해지더니, 계단을 걸어 올라가려다가, 가장 낮은 계단에 걸터앉는다. 그러고서 둘은 크누텐을 바라본다. 너희들 이제 꼭 조용히 해야 한다, 라고 크누텐이 말한다. 그는 아내가 지금 당장 모습을 보여야 할 텐데, 그녀가 저 친구랑 거실 안에 그냥 앉아 있게 둘 순 없어, 무슨 수를 써야 해, 하고 생각한다. 크누텐은 거실 문간으로 가 서서, 이제 정말로 당신이 가서 애들을 재워야겠어, 라고 말한다. 그러자 그녀가 몸을 일으키더니, 예의 그 방식으로 내게 미소를 지으며 어깨를 으쓱여 보이고는 걸어간다. 날 전혀 쳐다보지 않는군, 하고 크누텐은 생각한다. 그냥 날 지나쳐서 앞만 바라보는걸, 이번은 그녀의 차례라는 둥, 그는 자기만 재미 본다는 둥 얘기를 하고서, 크누텐은 안으로 들어와 문을 닫는다. 지금은 창가로 갈 순 없겠고, 여기 앉을 수도 없겠어, 이 친구에게 말을 걸어야 하는데, 아주 일상적인 방식으로 얘기를 풀어야겠군, 일상적인 것들에 대해서 말이야, 하고 그는 생각한다. 소파에 앉아야겠어, 그런데 크누텐은 잠시 주저한다. 그러다가 그는 소파로 가서 앉는다. 나는 거실 한가운데에 있는 안락의자에 앉아 있다. 나는 창밖을 쳐다보고, 우리는 얘기를 나눈다. 평범한 말, 날 서지 않은 말, 하고 크누텐은 생각한다. 그러다 그는 내가 자리에서 일어나 창가로 걸어가는 것을 본다. 나는 그곳에 서서 밖을 내다본다. 크누텐은 저 친구가 지금 피오르를, 어제 아내가 빌린 배를 쳐다보고 있군, 이제 어둠에 잠긴 그 작은 섬에서의, 아내의 몸을 생각하고 있나, 그녀가 빌렸던 배를 쳐다보는데, 아주 침착해 보이는군, 그럼 그것도 아닌 건가, 하고 크누텐은 생각한다. 나는 그저 말없이, 그 자리에 서서 내다보고 있다. 그러자 크누텐이 몸을 일으켜, 내 곁에 다가와 서서, 창밖을 내다본다. 아내가 거실에 없고, 나와 이 친구뿐이니, 모든 게 예전과 아주 비슷하군, 하고 크누텐은 생각한다. 거실 안에 있는 오래된 물건들, 연주하러 다니던 일들, 몰래 담배를 피운 일, 파티들, 그 모든 맥주병짝들, 연주 일이 끝나면, 각자 맥주병을 들고 거기 앉았는데, 그리고 무도회가 끝난 후에 공연장이 비워지고 우리가 장비를 철거하기 시작했을 때까지도 무대 앞에 남아 있던 소녀들은, 그러다 크누텐은 마실 것을 가져왔다는 것을 떠올린다. 이 친구에게 마실 것을 대접할 수 있겠군, 하고 그는 생각한다. 그리고 우리는 피오르에 대해서, 피오르에 나가 낚시를 하는 것에 대해서 이야기를 나눈다. 그러다 크누텐이 내게 마실 것을 대접할 수 있을 것 같다고 말한다, 한잔 할 텐가, 라고 그가 말한다. 그러고서 그는 마실 것을 가지러 다녀온다. 크누텐은 창가 앞에 자리한 안락의자에 앉고는, 거실 한가운데에 있는 안락의자를 가지고 오라는 눈길을 보낸다. 그런 다음 우리는 창문 앞에 나란히 앉는다. 그리고 크누텐은 이 일에 끝장을 보아야지, 이건 견딜 수가 없어, 이렇게 계속할 순 없어, 하고 생각한다. 거실이 어두컴컴해졌으니, 불을 켜야겠군, 하고 그는 생각한다. 그러다 크누텐은 그의 아내가 자러 간 것인지 묻는 내 질문을 듣는다. 그러자 그가 뭐라고 답을 한다. 마땅히 내 아내에 대해 질문을 해야겠지, 하고 그는 생각한다. 거기 앉아 군침을 흘리면서 말이야, 하고 그는 생각한다. 그리고 그는 아내가 자러 간 것 같지는 않아, 라고 말한다. 아내는 곧 내려올 거야, 라고 말한다. 그리고 그는 이 친구가 내 아내에게 관심을 두고 있군, 이 친구를 마지막으로 보고서 오랜 시간이 지나 어제 길에서 마주쳤지만, 이 짓을 계속할 순 없지, 하고 생각한다. 크누텐은 내가 무슨 얘기를 하는 것을 듣다가, 내가 여자를 많이 만나 보지 않은 모양이라고. 그러나 이제 나와 그의 아내가 피오르에서 만날 수 있을 거라고 말한다. 크누텐은 히죽 웃으며 자기 잔을 비우고는, 다시 잔을 채운다. 그리고 크누텐은 말을 꺼내야겠어, 이 친구에게 내가 모든 걸 알고 있다고 말이야, 아내가 내게 다 말해 주었다고, 말을 해야겠어, 하고 생각한다. 그리고서 그는 아내가 그러는데, 자네 여행도 좋아하지 않는다며, 라고 말한다. 그리고 그 말을 하고서, 그는 또다시 모든 게 변한 것처럼 보이는군, 하고 생각한다. 그런데 이젠 우리가 아주 평범한 방식으로 얘기를 나누고 있는걸, 그나저나 내 목소리가 무척 이상하게 들리는데, 하고 크누텐은 생각한다. 그리고 이 친구가 일하러 다니는 걸 좋아하지 않는 것인지 물어봐야겠군, 하고 크누텐은 생각한다. 그때, 그 무도회에서, 난 이 친구가 그 여자한테 관심을 두고 있는지 몰랐어, 내가 어찌 알았겠느냔 말이야, 내 참, 당연히 난 알 수가 없었지, 하고 크누텐은 생각한다. 그런데 그때 계단을 걷는 발자국 소리가 크누텐의 귀에 들려온다. 그는 고개를 들고 자기 잔을 들어 마신 다음 다시 잔을 채운다. 그리고 계단을 걷는 발소리가 들려온다. 크누텐은 그 소리를 듣다가, 술을 마신다. 그러자 그의 아내가 거실로 들어온다. 오늘 밤은 빠르군, 하고 그는 생각한다. 아내가 오늘 밤은 아주 번개 같은 속도로 애들을 재웠어, 이제 그녀는 저 친구를 그런 눈빛으로 쳐다볼 테지, 그리고 술도 한잔 할 테고 말이야, 하고 크누텐은 생각한다. 나 와인 한 병 가지러 다녀올게, 라고 그녀가 말한다. 이제 아내가 자기 잔을 채우겠군, 하고 크누텐은 생각한다. 이제 시작할 테지, 하고 그는 생각한다. 그러다가 그는 이렇게 아무 말도 없이 이 친구랑 가만히 앉아 있을 순 없지, 뭔가 말을 꺼내야겠어, 하고 생각한다. 자넨 어째서 안 마시나, 자, 한잔 해, 라고 그가 말하면서 술을 들이켜고, 위스키를 더 따른다. 아내는, 이제 자기 잔을 따를 테지, 이 친구를 그런 눈빛으로 보면서, 추파를 던지면서 말이야, 하고 그는 생각한다. 늘 그렇지, 아내는 거실로 들어오면서 가슴을 앞으로 내밀고, 웃음을 터뜨리고, 몸을 흔들지, 그리고 물잔을, 음료잔을 흔들면서 집에 마땅한 잔이 없네, 라고 꼭 그렇게 지껄여야 하나, 하고 크누텐은 생각한다. 늘 그렇듯. 어머니는, 부엌에 앉아 계실 테지, 주로, 늘 그곳에서 자리를 지키시니까. 그런데 어머니는 이제 거실엔 아예 얼씬도 하지 않으시지. 지금은 우리가 거실에 있기 때문이 아니야. 어머니, 아내가 이 집엔 마땅한 잔이 없네, 라고 말하니까. 그래도 와인을 마실 순 있지, 라고 말하니까 그런 것이지. 아내가 자리에 앉아서 구석으로 몸을 미끄러뜨려 팔걸이에 몸을 기대고 가슴을 내밀고 있군. 그리고 이 친구를 그런 눈빛으로 바라보고 있어. 그러고는 다리를 벌린 채로 있군. 다리를 천천히 펼쳐서, 다리를 벌리고서. 그래선 안돼. 해야 할 일을. 무슨 수를 찾자. 그녀가 다리를 벌리고. 와인병을 다리 사이에 대고서, 코르크 따개를 코르크에 밀어넣고 있어. 하고 그는 생각한다. 크누텐이 나를 바라보자. 나는 똑바로 정면을, 창문 밖을 응시한다. 크누텐은 이제 아내가 뭔가 흥미진진한 짓거리를 하겠군. 얼마나 막무가내인지 보지, 하고 생각한다. 내가 일어서려 하자 크누텐이 나를 쳐다보다가 그의 아내를 보고는 내가 코르크 따는 걸 도와줄까, 하고 묻는다. 그러자 그녀가 아냐, 라고 답한다. 그러자 크누텐은 물론 아닐 테지, 해당사항이 없지, 나한테는 말이야, 늘 이런 식이지, 이럴 수밖에, 하고 생각한다. 그러다가 내가 일어선다. 그럼 그렇지, 이제 둘이서 날 모욕할 셈이로군. 그러면 서로 떡을 치는 것보다 훨씬 낫겠어, 오, 그래, 알겠어, 그런 거로군,

하고 생각한다. 그는 내가 와인병을 따는 동안 그녀가 다리를 벌리고서 앉아 있는 것을 지켜본다. 아내와 저 친구가 앉아서 서로에게 미소를 짓고 있군. 비밀스러운 신호를 주고받으면서 말이야. 둘이서 날 비웃고 있는 거야. 하고 크누텐은 생각한다. 내가 말을 해야만 되겠군. 이 친구더러 그 짓을 그만두라고 말이야. 내 아내를 내버려 두라고. 씨발. 하고 크누텐은 생각한다. 그가 내 아내가 자네 마음에 드나, 라고 말한다. 아내도 자네가 마음에 든다는데, 라고 그가 말한다. 그러자 그녀가 당연히 나는 저 사람이 마음에 들지, 이 사람을 유혹하려고 할 수 있는 모든 수를 쓰고 있어. 당신 머릿속에 도사리고 있는 유일한 생각이란 다른 남자들이 나랑 떡을 치는 거니까, 라고 말한다. 그게 당신이야, 라고 그녀가 말한다. 그러자 크누텐은 앉아서 창밖을 내다본다. 날이 어두워지고 있고, 그의 잔은 창턱 위에 놓여 있다. 그는 내가 그만 집에 가야겠다고 하는 말을 듣는다. 그러자 크누텐은 대답을 할 수가 없으니, 그저 침묵을 지켜야겠군, 아무 말 말자, 하고 생각한다. 그러다가 그가 몸을 돌려 나를 바라보더니, 왜, 좀더 있지 않고, 라고 묻는다. 크누텐은 어째서일까, 좀더 있으라고 요청할 이유가 있나, 어째서 내가 그렇게 말한 거지, 하고 생각한다. 그리고 그는 그의 아내가 뭐라고 이야기하는 소리를 듣는다. 내가 남아 있어야 한다느니 어쩌느니 하고 그녀가 말한다. 그러자 크누텐은 다시 몸을 돌리고는, 창밖을 응시한다. 그러다가 좀더 있도록 해. 여긴 마실 것도 있고 여자도 있다구, 라고 말한다. 왜 가려고 드나, 그것 참, 이라고 그가 말한다. 이제 더는 내키지 않는군, 하고 그는 생각한다. 이젠 상관없어, 달라질 것 없이 마찬가지야, 그 작은 섬에서 무슨 일이 있었든 상관 없어, 아내는 결코 내게 말하지 않을 테지, 그까짓 것, 그냥 위스키나 더 마셔야겠군, 스트레이트로, 전부 다 무감각해져 버리라지, 아내가 저 친구 뒤에 가서 서도록, 달라붙도록, 물고 빨고 하도록 내버려 두지 뭐, 그게 아내가 원하는 거니까, 상관없어, 젠장, 원하는 대로 할 수 있고, 계속할 수 있지, 씨발, 그렇다고 달라질 것은 없어, 계속해, 좋을 대로 물고 빨고 하라지, 하고 크누텐은 생각한다. 그러고 나서 그가 돌아서니, 그의 아내가 한 팔로 내 등을 감싸고 내게 기대어 있는 모습이 눈에 들어온다. 다른 손은 자기 잔을 들고 있다. 어디 계속해 봐, 하고 크누텐은 생각한다. 그리고 그가 나를 바라보며 내 아내가 이래, 취하기라도 했으면 좋으련만, 말짱해, 그게 그녀의 방식이야, 라고 말한다. 그리고 크누텐은 내가 아무래도 난 집에 가는 게 좋겠어, 라고 하는 말을 듣는다. 그러자 크누텐이 몸을 돌리고는 복도로 걸어가는 나를 바라본다, 그리고 그에게로 걸어오는 자기 아내를 지켜본다. 그녀는 창가 앞의 다른 안락의자에 앉는다. 크누텐은 아내가 원하는 게 뭘

까, 이제 무슨 일이 벌어질까, 하고 생각한다. 그러고는 당신이 정말로 원하는 게 뭔데, 뭘 기대하는 거야, 라고 말한다. 그러다 크누텐은 문으로 머리를 들이미는 나를 목격한다. 그는 내가 내일 마을 축제가 있어, 기회가 되면 그때 보자구, 라고 말하는 것을 듣는다. 그러자 크누텐은 저 친구가 내 아내를 놓치고 싶어 하지 않는군, 내일도 내 아내와 물고 빨고 하고 싶은 모양인데, 하고 생각한다. 그리고 크누텐은 문을 나서는 나를 지켜보고, 내가 문을 닫는 소리를 들은 다음, 창으로 몸을 돌려 창밖을 응시한다. 그러면서 몸을 돌리지 않은 채 큰 소리로, 당신이 뭘 원하는 건지, 뭘 기대하는 건지 난 이해가 안 돼, 라고 말한다. 창밖을 응시하며, 그는 이제 어두워지고 있음을 알아차린다. 그의 모습이 창유리에 뚜렷하게 비치고 있다. 크누텐은 자기 잔을 들어 올려 창에 비친 자신에게 건배를 한다. 그의 아내가 창가 앞의 안락의자에 앉아 있다가 당신 뭐 해, 달리 볼일이 없는 거야, 라고 묻는다. 크누텐은 대답하지 않고, 위스키를 더 마신다. 크누텐이 아무 말이 없자 그의 아내가 자리에서 일어나 와인병을 집어 든다. 그러고는 뭐, 여기 앉아 있을 이유가 없네, 나는 자러 갈게, 라고 말한다. 그리고 될 수 있으면, 와인병에 코르크 마개를 끼워 줘, 그거 반쯤 남았거든, 이라고 그녀가 말한다. 그러고 나서 그녀는 잔을 협탁 위에 올려두고 문 쪽으로 걸어가더니, 문을 반쯤 열어

두고 자리를 뜬다. 크누텐은 그녀가 계단을 걸어 올라가는 소리를 듣는다. 크누텐은 의자에 등을 기대고 한 발을 창턱 가장자리에 올려놓은 채로 창밖을 응시한다. 그가 창밖을 내다보는데, 이제는 거의 완전히 어두워져 방 전체의 모습이 창문에 비치고 있다. 크누텐은 그가 지금 해야 할 일을 떠올린다. 그러나 그는 지금 자신이 피곤하다는 것을 깨닫는다. 그리고 그의 어머니. 그녀는 막 잠자리에 들었다. 거실 안으로는 고개도 들이밀지 않았다. 어머니는 복도에서 내 말을 듣고서 고개를 내밀었는데, 그러고 나서 어머니는 어디에 계셨을까, 고개도 내밀지 않고 무엇을 하셨을까. 크누텐은 그의 잔을 비우고는 일어선다. 협탁 위에 반쯤 비워진 와인병이 그의 눈에 들어온다. 그러자 그는 정리를 하는 게 좋겠군, 하고 생각한다. 병들과 잔들을 부엌에 날라야겠어, 하고 그는 생각한다. 지금은 피곤한데. 자는 게 낫겠지. 피곤하니까. 그런데 내가 와인병을 어째야 할까. 비워 버려야겠군, 하고 그는 생각한다. 그리고 크누텐은 부엌으로 가, 남은 와인을 개수대에 비우고, 빈병을 쓰레기통에 버리고, 물병과 잔들을 치운다. 창가로 옮겨났던 안락의자를 방 한가운데의, 원탁 곁의 제자리로 옮겨 두고, 거실의 불을 끄고는, 위스키 병을 들고 계단을 걸어 올라간다. 그리고 그와 아내가 자는 방으로 들어가기 전에, 그는 딸들의 방을 들여다본다. 아이들은 깊게 잠들어 있는데, 첫째

는 이불을 반쯤 걷어찼다. 크누텐은 첫째에게 가서 이불을
펼쳐 덮어 준다. 그와 아내가 자는 방으로 들어가기 전인데,
불이 꺼져 있다. 크누텐은 불을 켜고자 하지 않는다. 아내가
자고 있는 경우라면 그녀를 깨울 수 있으니까. 그런 일이 벌어
지는 상황을 그는 견딜 수가 없다. 지금은 평온하게 쉬어야겠
어, 이제 더는 참아 낼 수가 없으니까, 하고 그는 생각한다. 크
누텐은 지금 자신이 더 침착해졌음을 깨닫는다. 취하진 않았
어, 그저 조금 더 침착해지고, 조금 더 피곤해졌을 뿐이지, 그
만 침대로 가서 잠들고 싶군, 하고 크누텐은 생각한다. 그는
옷을 벗고 그의 아내에게 다가갈 수 있는 가장 먼 거리만큼
침대에 파고든다. 그리고 잠에 빠져든다. 그리고 다음 날, 그
가 잠에서 깨었을 때, 그는 침대 위에 홀로 있다. 그는 이마가
뜨겁고 몸이 좋지 않음을 느낀다. 크누텐은 침대에 누운 채
책을 하나 찾아 들고 읽으려 하는데, 누군가 가벼운 발걸음으
로 계단을 올라오는 소리가 들린다. 보니 첫째가 문간에 서
있다. 첫째가 아빠, 이제 침대에서 나오셔야 해요, 종일 침대
에 계실 건가요, 이제 일어날 시간이에요, 할머니가 점심을
차리셨어요, 라고 말한다. 그러자 크누텐이 그래, 이제 일어나
야지, 금방 내려가마, 라고 말한다. 그러자 첫째가 모습을 감
춘다. 크누텐은 침대를 빠져나와, 옷을 입고 아래층으로 내려
간다. 크누텐이 부엌으로 걸어 들어가니 다른 이들은 이미 식

탁에 둘러앉아 있다. 그가 자리에 앉자, 그의 어머니가 늦잠을 잤구나, 라고 말한다. 아내는 그를 쳐다보지도 않고 그저 가만히 앉아 있다. 또야, 이제 또 시작이군, 여기서 며칠을 머물렀는데도, 누그러들질 않는군. 오늘은 마을 축제가 있는 토요일이지, 곧 아내가 마을 축제에 가야 하지 않겠느냐고 묻겠군, 당신도 당연히 가고 싶지, 라고 말할 테지, 만약 내가 가고 싶지 않다 해도, 어쨌든, 상관없이 난 들를 거야, 라고 말하겠지. 그러고는 자기는 걸어갈 것이라고, 길을 따라 내륙으로 걸어갈 것이라고 말하겠지, 그렇지만 난 아내가 그 친구를 만나러 갈 셈인 걸 알고 있어, 그리고 그녀가 그 작은 섬에 올라서 뭘 했는지 내가 캐묻기 시작하면 이 짓거리 그만둬, 라고 아내는 말할 테지, 하고 크누텐은 생각한다. 크누텐은 부엌 식탁의 끝자리에 앉아 입을 꾹 닫고 있다, 아무도 입을 열지 않는다, 그의 어머니가 식탁을 차리는데, 심지어 아이들도 입을 열지 않는다. 식사가 끝난 뒤, 크누텐은 난 정원으로 나갈게, 책을 좀 읽고 싶어, 라고 말한다. 크누텐이 나오고서, 얼마 뒤 그의 아내가 딸들을 데리고 나온다. 그녀는 우린 잠깐 산책 좀 할 생각이야, 아마 소비자 조합에 들를 것 같아, 애들한테 아이스크림 사 줄 거야, 라고 말하며 크누텐더러 같이 갈 것이냐고 묻는다. 그는 그럴 기분은 아니야, 여기 앉아 있는 게 낫겠어, 책을 좀 읽고 싶어, 라고 말한다. 크누텐은 그의 아내와 아이들이 길을 따라 걸어가는 것을 바라본다. 그리고 그는 이제 아내가 가고 있군, 지금 그 친구를 만나러 가고 있어, 그녀가 바라는 건 오직 그것이겠지, 그게 그녀가 기대하는 전부일 테지, 그녀가 바라는 것은 다름 아닌 단 하나, 늘 똑같아, 어째서 달라지는 게 없을까, 오늘 밤은 마을 축제였지, 그 친구는 기타를 연주하겠군, 아코디언과 기타, 민속춤마당, 가기가 싫군, 그렇지만 아내는 가고 싶다고, 꼭 가야 한다고 할 텐데, 하고 생각한다. 크누텐은 정원에 앉아 책을 읽으려 시도한다. 집중이 되질 않는다. 그러자 그는 책을 곁으로 치워 둔다. 크누텐은 이제 아내가 그 친구를 찾으러 가겠군, 길을 따라 천천히 걸으면서, 그 친구를 마주치길 바라면서 말이지. 아내가 아이들을 데리고 간 것은, 그저 눈속임이지, 하고 생각한다, 그런데 그의 아내가 양손에 딸들의 손을 하나씩 잡고서 오는 것이 눈에 들어온다. 그녀는 크누텐에게 미소를 지으며, 화창한 여름날이지, 아이들한테 군것질거리를 좀 사 줬어, 라고 말한다. 토요일 저녁인데, 애들은 나와 당신이 마을 축제에 간 동안 할머니랑 집에 남아 있어야 하니까, 그럼 애들한테 군것질거리를 좀 줘야지, 라고 그녀가 말한다. 그러자 크누텐이 고개를 끄덕이고, 아이들은 안으로 들어간다. 그의 아내는 크누텐과 나란히 장의자에 앉는다. 그러자 크누텐은 무슨 말을 꺼내야 할지 잘 모르게 되고 만다. 지금은 아내가 그 작은 섬에 올라 뭘 했는지 물을 수가 없겠군, 불가능해, 하고 생각한다. 그녀는 우리 그 무도회에 가야겠지, 적어도 한번 보러 들르기는 해야 할 것 같은데, 라고 말한다. 그러자 크누텐이 고개를 끄덕이고는, 아마 그래야겠지, 라고 말한다. 그러자 그녀가 당신 그렇게 모든 일을 꺼려 하면 안 돼, 그러면 안 된다고, 당신이 오랜 세월 보지 못한 사람들을 마주친들 아무런 문제 될 게 없어, 어째서 그 사람들과 말을 섞게 되는 걸 걱정하는 거야, 어떤 사람도 그 일을 그렇게나 걱정스러워하진 않아, 라고 말한다. 크누텐은 대답을 하지 않는다. 그러자 그녀는 자리에서 일어나 안으로 들어간다. 크누텐은 다시 책을 집어 들고 읽으려 시도한다. 크누텐은 정원에 앉아, 책을 읽으려 한다. 그럴 수가 없다. 집중이 되질 않는다. 그러자 그는 다락으로 올라가 침대 위에 드러눕는다. 그는 아내가 지금 일어나야 한다고 부를 때까지 깜빡 잠이 든다. 애들은 지금 잠들었어, 라고 그녀가 말한다. 우리 마을 축제에 가려면 준비하고 나가야 돼, 춤은 이미 시작됐어, 라고 그녀가 말한다. 크누텐은 침대에서 일어나 졸린 눈을 부빈다. 몸이 나른하고 피곤한 것처럼 느껴진다. 그가 바로 대답을 하지 않자 그의 아내는 아래층에 가서 옷 좀 가지고 올게, 내가 먼저 준비할 텐데, 욕실은 15분 내로 쓸 수 있을 거야, 당신 그때까진 침대에 뻗어 있어도 되겠네, 라고 말한다. 그러고서 그녀는 자리를 뜬다. 크누텐은 일어나 옷을 입는다. 그리고 그는 마을 축제에 갈 수 없을 것 같은데, 옛날에 알던 사람들은 다들 그곳에 있을 텐데, 가고 싶지가 않아, 그들에게 무슨 말을 꺼내야 할지 모르겠어, 그런 데도 아내는, 그녀는 가고 싶어 하는군, 다른 방도가 없으니, 가야겠지, 거의 바로 집으로 돌아오자, 나갔다가 거의 바로 다시 돌아오는 거야, 하고 생각한다. 그리고 위스키를 한 모금 들이켜고, 잠시 기다렸다가 또 한 모금 들이켠다. 그러고 나자 그는 아예 병째 들고 가야겠다고 마음먹는다. 옛날엔 늘 그랬 었지, 오늘 밤도 그렇겠군, 하고 그는 생각한다. 크누텐은 계 단을 걸어 내려가 복도에 내려서서 재킷을 찾아 입고 안주머 니에 술병을 넣는다. 그러고서 그가 복도에 앉아 아내를 기다 리고 있자니 그녀가 내려온다. 크누텐은 우리 지금 나가요. 무 도회에 가요. 라고 그의 어머니에게 외친다. 그가 외치자마자, 생각할 틈도 없이, 늘 이래 왔던 것 같은 생각이 문득 떠오른 다, 바로 이렇게 여러 번 외쳤던 것 같아, 그렇지만 그건 아주 옛날 일인데, 지금, 갑자기, 순간적으로, 그리 옛날 일이 아닌 것 같았어, 예전엔 나갈 일이 생기면 그런 식으로 해왔었지, 하고 생각한다. 그때 그의 어머니가 미소 띤 얼굴로 거실 문 을 열더니, 즐거운 시간 보내렴, 나는 너무 나이가 많아서 그 러긴 어렵겠구나, 라고 말한다. 그러고 나서 크누텐과 그의 아 내가 출발한다. 그들은 말없이 길을 따라 나란히 걸어간다. 크누텐은 이를 견딜 수가 없다고 생각한다. 어째서 아내가 마을 축제에 가고 싶어 안달인지 난 잘 알고 있지. 이해하기 어려울 것도 없어. 아내는 무대에 선 그 친구를 보고 싶은 거야. 그 친구가 연주하는 걸 보려는 거지. 공연장에 서서 그 친구를 지켜볼 수 있기 때문에. 그리고 나면, 그 이후에, 아내는 그 친구랑 함께 있으려 들겠지. 뻔해. 그런데 그 무도회에서의 그 여자애는, 내게 아무런 의미도 없었어. 그런데도 난 그 이후로 꽤나 이상해졌지. 몸을 사리게 되고, 더 이상 연습을 하기도 싫어졌어. 오직 연주할 일이 있을 때만 참석했지. 어떻게 내가 알 수 있었겠어. 그녀는 그저 평범한 여자애였을 뿐인데. 내가 그녀랑 앉아서 얘기하고 노닥거렸다고 한들, 그게 어쨌다고. 참 나. 아무것도 아니었단 말이야. 내가 어떻게 알았겠냐고, 하고 크누텐은 생각한다. 이제 여러 해 동안 안 보던 사람들을 만나야만 하는 거로군. 그들과 얘기를 나눠야겠지. 다들 무엇을 하며 지내는지 묻고, 내가 하는 일을 말해 주고. 그런데 어째서 난 늘 어색해해야만 하는 걸까. 아내는 민속춤마당에서 연주를 하는 그 친구를 만나러 간다는데. 어째서 난 늘 어색해해야만 하느냐 말이야. 그럴 순 없어. 견딜 수가 없다고, 하고 크누텐은 생각한다. 그리고 그는 술병을 꺼내어 한 모금 들이켠다. 그들은 계속 걸어간다. 큰 언덕을 내려서자 시내가 나타나고, 길은 만을 돌아 청소년 센터로 뻗는다. 크누텐이 청소년 센터에 들어서니 그곳엔 건물 전체에 불이 다 켜져 있고, 몇몇 사람들이 바깥쪽에 서 있다. 길을 따라 차들의 행렬이 이어진다. 파티가 한창이군, 하고 크누텐은 생각한다. 청소년 센터를 향해 걸어가며 크누텐과 그의 아내 둘 중 누구도 입을 열지 않고 그저 걷기만 한다. 크누텐은 이건, 이건 견딜 수가 없어, 도무지 이해가 되질 않아, 난 결코 오지 말았어야 했는데, 그저 아내를 따라온 것뿐이야, 이건 견딜 수가 없어, 하고 생각한다. 그들이 청소년 센터에 이르자, 청소년 센터 앞의 단상에 사람들이 모여들어 있는 것이 크누텐의 눈에 들어온다. 사람들이 많군, 얼른 저들을 지나쳐야겠어, 누구랑도 말을 섞어선 안 돼, 누굴 쳐다봐서도 안 돼, 그의 아내는 그의 몇 미터쯤 뒤에서 걷고 있고 크누텐은 걸음을 서두른다. 그는 문을 지나, 복도로 들어가, 매표소 창구로 걸어간다. 그곳에 앉아 있는 여자애는 크누텐이 모르는 사람이다. 표를 사고서 크누텐은 아내가 그의 바로 뒤쪽에 서 있는 것을 알아차린다. 그는 돌아서서 그녀에게 표 한 장을 건네고, 두 사람은 입구쪽으로 걸어간다. 크누텐은 거의 꽉 찬 강당을 바라본다. 귀에 음악이 들려와 그가 무대를 바라보니 내가 그곳에, 아코디언 연주자의 약간 뒤편 오른쪽에 내가 서 있다. 크누텐은 내가 같은 코드로, 같은 스크래치로 줄을 퉁기고 또 퉁기는 것을 바라본다. 크누텐은 이것이, 같은 것을 반복하는 것이 저 친구가 왈츠를 연주할 때의 방식이군, 하고 생각한다. 그러다가 크누텐은 그의 아내가 뒤에서 미는 것을 깨닫고 표를 내고서 안으로 걸어 들어간다. 크누텐은 저 친구 늘 서던 자리에 똑같이 서 있군, 강당 쪽에서 보면, 무대 약간 뒤편 오른쪽에서 말이지, 지금 보니 거의 모든 게 다 옛날 방식 그대론데, 하고 생각한다. 저 친구는 저 무대 위에 서서 많은 시간을, 믿을 수 없을 만큼이나 많은 시간을 보냈지, 하고 그는 생각한다, 몇 시간이고 그랬어, 텅 빈 강당은 추웠고, 전기 히터는 무대 한쪽에만 있었지, 손가락이 곱아들어도, 우린 연주를 해야 했어, 오래된 똑같은 레퍼토리를 연주해야 했고, 새 멜로디도 익혀야 했어, 그리고 지금 저 친구는 늘 서던 방식으로 저곳에 서 있지, 그렇지만 지금 연주하고 있는 것은 민속춤마당의 반주잖아, 하고 크누텐은 생각한다. 그러다가 그는 그의 아내가 내 가까운 곳에 서 있는 것을 알아차린다. 아내가 이제 저 친구에게 달라붙을 셈이군, 하고 그는 생각한다. 아내야말로 여기 반드시 오고 싶어 했던 사람이니까. 내게 달린 일이었다면, 옛날에 알던 사람들과 묻고, 말하고, 입을 섞는 이 모든 일들을 견딜 수가 없었을 테지, 그런데 저기 내 앞에 있는 건, 함께 학교를 다녔던 여자애로군, 여인이 다 됐는걸, 살집이 붙고, 머리카락은 짧은 곱슬이 되었고 말이야, 그녀가 크누텐 쪽으로 다가오더니, 이거, 무지 오랜만이네, 그동안 많은 일들이 있었는데, 라고 미소를 지으며 말한다. 크누텐은 무슨 말을 해야 할지 몰라 하다가, 그러게, 무척이나 오랜만이지, 라고 말한다. 그녀는 그에게 지금 가족이 있는지, 아이는 있는지, 부인은 어떤지 묻는다. 크누텐은 말할 거리를 찾아야 하는데, 하고 생각한다. 춤 한번 출까, 라고 그가 묻자, 그녀가 고개를 끄덕인다. 이게 얼마 만인데, 좋아, 우리 춤 한번 춰야지, 라고 그녀가 말한다. 매일같이 함께 춤을 출 건 아니니까, 뭐, 전에도 그런 일은 거의 없었지만, 이라고 그녀가 말한다. 크누텐이 그의 옛 동창에게 팔을 두르자, 그녀가 팔을 그에게 두른다. 그런 다음 그들은 왈츠를 추며 강당 안을 누빈다. 전통 왈츠를 춘 지 오래되었지만, 그는 아직 그것을 출 수 있다. 왈츠를 추며 그는 동창을 노련하게 이끌고, 생각했던 것보다는 쉽게, 어렵지 않게 춤을 춘다. 그러다가 그는 문 쪽을 쳐다보며 그의 아내를 찾는다. 그녀가 그 자리에 있자 크누텐은 계속 춤을 춘다. 그런데 아내를 보니, 출입구 곁에서 어떤 나이 든 남자와 이야기를 하고 있다. 크누텐이 자신과 춤을 추고 있는 여자에게 저기 문 곁에 서 있는 사람이 자기 아내라고 말하자, 그 여자가 저기는 내 남편이야, 당신 아내랑 얘길 하고 있네, 라고 말한다. 그러자 크누텐은 미소를 짓고는, 계속 함께 춤을 춘다. 왈츠가 끝나자 크누텐은 전통 왈츠에 춤을 추니 좋은 걸, 마지막으로 춘 지도 꽤 오래됐어, 라고 말한다. 그러자 그의 동창이 다음 춤도 추자, 라고 말한다. 크누텐은 나야 무척이나 바라던 바지, 그런데 함께 연주했던 이후로 여태 저 친구가 연주하는 걸 보질 못했는데 말이야, 라고 말하자, 그 여자가 나는 봤어, 라고 말하고서 조금 웃음을 터뜨리고는, 뭐, 저 친구가 우리의 음악가인 셈이야, 저 친구가 무대에 오르지 않으면, 그건 제대로 된 춤이 아니지, 라고 말한다. 그러고는 웃음을 터뜨린다. 크누텐이 막 무어라 말을 꺼내려는데, 음악이 다시 시작된다. 이번에는 라인렌더다. 춤추기 전에 말해야겠는데, 이 춤은 잘 몰라, 라고 크누텐이 말한다. 그러자 동창이 콧방귀를 뀌고, 그런 다음 그들은 춤을 추기 시작한다. 크누텐은 실은 출 수 있지, 아직 까먹지 않았어, 하고 생각한다. 그러다가 아내를 찾고자 출입구를 흘깃 바라보는데, 그녀가 보이지 않는다. 크누텐은 춤을 추면서, 춤추는 동안 그의 아내를 찾아내려 애쓴다. 그러다가 가장 앞쪽의 장의자에 앉은 그녀를 발견한다. 그녀는 홀로 앉아 따스한 눈길로 나를 올려다보고 있다. 크누텐은 춤을 추면서, 춤에 집중하려고 애를 쓴다. 그렇게 춤을 추면서 그의 아내를 지켜본다. 그녀는 장의자에 홀로 앉은 채 나를 올려다보고 있다. 춤이 끝나자 크누텐은 동창에게 춤에 어울려 준 것에 고마움을 표하고는, 난 바람 좀 쐬야겠어, 이런 일은 매일 있는 게 아니다 보니 땀범벅이 되네, 라고 말한다. 그러고서 그는 문으로 걸어가 그의 표를 받아들고 밖으로 나선다. 크누텐은 주위를 보지 말자, 남들 눈에 띄어선 안 돼. 누구랑도 마주치고 싶지 않아. 그런데 아내가, 아내가 앞자리의 벤치에 앉아 있어. 벽 전체를 따라 늘어서 있는 장의자에 혼자 앉아서. 그 친구를 쳐다보고 있어. 거기 앉아서 그 친구를 쳐다보고 있단 말이야. 하고 생각한다. 그리고 크누텐은 가야겠어. 이건 원치 않아. 춤은 좋았지. 옛 동창과 다시 마주친 것도 좋았어. 그렇지만 이건 원치 않아. 아내는, 지금 다른 사람은 눈에도 들어오지 않고 있어. 하고 생각한다. 크누텐은 밖으로 나와 길을 따라 걷기 시작한다. 그는 서두르는 걸음으로 주차된 차들의 행렬을 지나친다. 걸음을 서두른다. 비어 있는 차들. 절대 그럴 순. 하지만 지금, 그녀가 저기 가만 앉아 있을 순 없어. 이럴 순 없다고. 그렇게는 안 돼. 크누텐은 길을 따라 걷는다. 누구하고도 마주치고 싶지 않아. 몇몇 아는 얼굴들이 언뜻언뜻 눈에 들어왔지만, 그는 눈길을 돌렸다. 아무하고도 마주치고 싶지 않아. 여길 뜨자. 다시 집에 가는 거야. 이건 무의미해. 그 무도회, 그 여자애. 이해가 되질 않아. 난 몰랐어. 지금, 다시 강당으로 돌아가서, 아내를 찾아 그녀를 집으로 데려가야겠어. 크누텐은 걸음을 멈추고, 마음을 다잡고는, 돌아선다. 그리고서 그는 단호하게 빠른 걸음으로 강당으로 돌아간다. 이제 더는 원치 않아, 하고 그는 생각한다. 당장 집에 가야 해, 하고 그는 생각한다. 그는 청소년 센터 앞 단상에 모인 사람들의 무리를 걸어서 지나친다. 몇몇이 그를 바라보고, 몇몇이 그의 이름을 부르지만, 크누텐은 계단을 두 걸음 만에 올라가, 서둘러 현관을 통과한다. 누군가 뒤에서 그를 부르는 소리가 들리지만, 들리지 않은 척 그는 계속 전진한다. 손에 티켓을 쥐고서 강당 안으로 들어가, 주위를 둘러보며 빠르게 면면을 확인하는데, 그의 아내가 보이지 않자 그는 앞쪽으로 걸어간다. 그녀는 더 이상 그곳의 장의자에 앉아 있지 않다. 그러자 크누텐은 강당 내를 한 바퀴 돌아본다. 강당은 꽉 차 있고, 어디에나 사람들과 매캐한 연초 냄새가 가득하다. 그는 강당을 가로지르기로 마음먹고, 춤추는 사람들 사이로 뛰어든다. 그녀가 보이지 않는다. 강당이 사람들로 꽉 차 있는데, 크누텐의 눈에는 그의 아내가 들어오지 않는다. 그러다가 그는 나한테 가서 그녀를 보았는지 물어야겠다는 생각을 떠올린다. 그러다가 그는 그녀가 나와 함께 있다고 확신한다. 그녀가 어딨는지 나는 알지, 아마 무대 뒤일 거야, 그녀가 어딨는지 알고 있어, 하고 크누텐은 생각한다. 그리고 그는 나를 바라보며, 내 얼굴에서 내가 그녀가 어딨는지 알고 있음을 읽어 낸다. 크누텐은 무대 가장자리를 향해 강당을 가로질러 와서, 내게 손을 흔들며 자기 아내가 어딨는지 내가 아느냐고 묻는다. 내가 고개를 저었을 때, 크누텐은 내가 약간 망설이는 것을 목격한다. 그러자 크누텐은 아내가 아마 집으로 간 모양이야, 라고 말하고는, 아내가 이 친구랑 같이 있군, 진작 알았지, 확실해, 하고 생각한다. 그리고 나서 그는 강당을 한 바퀴 돌아 보며, 이러는 건 아무런 의미가 없지만, 계속할 수밖에, 저 친구는 날 보며 내가 아내가 어딨는지 모르고 있다고 믿을 테니까, 하고 생각한다. 그는 강당을 돌아다니며, 집에 가야겠어, 이게 무슨 소용이야, 아무런 의미도 없어, 그냥 집에 가자, 하고 생각한다. 그러다가 크누텐은 그가 함께 춤을 추었던 여자의 시선을 알아차린다. 그녀가 그를 보고 있다, 보고 싶지 않아, 집으로 가자, 지금 가는 거야, 둘러볼 것 없어, 여길 뜨자, 그는 표를 받는 남자가 서 있는 문 쪽으로 걸어간다. 그러나 크누텐은 표를 돌려받지 않고 계속 걸어서 복도를 통과한다. 사람들이 저기서 날 보고 있군, 주위를 보지 말고 나가자. 그런데 크누텐의 귀에 누군가가 말을 거는 소리가 들려온다. 자네 아닌가, 그래, 맞지, 오랜만이야, 어찌 지내나, 음악교사라던데, 그래, 우린 자네가 음악 가지고 뭘 하는 건 그만둔 줄 알았지. 그리고서 그들은 조용해진다. 그러다가 크누텐이 다들 다시 만나서 반가운데, 집에 가 봐야 할 것 같아, 라고 말한다. 그래, 그래야지, 그렇지만 오랜만에 봤는데 말이야, 라고 그들이 말한다. 집에 좀더 자주 내려오라구, 연락도 좀 하고 말이야, 라고 그들이 말한다. 그러자 크누텐이 그래, 아마 지금보다는 더 자주 그렇게 할 거야, 라고 말한다. 그러고 나서 크누텐은 작별 인사를 하고는 빠른 걸음으로 길을 걸어간다. 아마 아내는 집으로 갔을 거야, 집에 가고 있는 것이 분명해, 틀림없어, 아내는 분명 집에 가 있을 거야, 틀림없어, 하고 그는 생각한다. 그친구와, 그녀는 무대 뒤에서 그 친구와 함께 있지, 그게 아내가 마을 축제에 가고 싶어 했던 이유야, 다른 이유는 없어, 그 친구를 보고 싶어서, 그것뿐이야, 하고 크누텐은 생각한다. 그는 차들의 행렬을 지나 집을 향해 걷는다. 청소년 센터 바깥쪽에 무리 지어 있던 동창들을 만났지, 그 옛날의 동창들, 그 친구들을 마주하는 건 거의 예전과 다름이 없어서 그리 어렵지 않아, 가자, 그 여자애, 그 무도회는, 아무런 의미도 없었어, 도망가자, 난 정말 이상해졌고, 당황스러워졌어, 더 이상 연습도 하고 싶지 않아졌지, 당장 집으로 도망가자, 크누텐은 길을 서두른다. 위스키를 완전히 깜박하고 있었군, 거의 전혀 마시지 않았는걸, 하고 그는 생각한다. 그는 술병을 꺼내 한 모금 마시고는 계속해서 집으로 가는 걸음을 재촉한다. 집으로 가야지, 아내가 분명 집에 있을 테니, 그래야만 해, 다른 뜻은 없었어, 그냥 그랬으면 했지, 하고 크누텐은 생각한다. 그리고 크누텐이 그의 집을 바라보는데, 집은 깜깜하다. 지금은 조용히 해야만 해, 어머니를 깨워선 안 돼, 하고 그는 생각한다. 그리고 그가 조심스럽게 현관문을 열고, 다락으로 가는 계단을 올라가, 침실에 들어서는데, 그의 아내는 그곳에 없다. 딸들을 살펴보니 아이들은 잠이 들었다. 그럴 줄 알았지, 그럴 수밖에, 하고 크누텐은 생각한다. 어쩌면 좋을까, 내려가서 생각 좀 해보자, 크누텐은 재빨리 계단을 내려온다. 밖에 나가야겠어, 하고 그는 생각하고는 바깥에 앉는다. 기다리자, 아내는 그 친구와 함께 있어, 하고 그는 생각한다. 무대 뒤에, 그곳에 앉아 있어, 밖에 나가서, 기다리자, 정원에 앉아서, 기다리자, 아내는 곧 돌아올 거야, 그런데 대체 뭣들 하는 거야, 이런 일은 있어선 안 돼, 결단코, 크누텐은 정원에 앉는다. 날이 추워 그는 재킷을 꼭 여미다가 안주머니에 술병이 있는 것을 깨닫고 한 모금 마신다. 그러고는 술병을 바닥에 내려놓고는 팔짱 낀 손을 가슴에 대고 누른다. 이제 마을 축제에 갔던 차들이 빠져나오기 시작한다. 아내는 곧 돌아올 거야, 하고 그는 생각한다. 아내는 그 친구와 무대 뒤에 앉아 있어, 그 무도회에서의 그 여자애는, 아무것도 아니었어, 난 몰랐어, 종종 일어나는 그런 일이었고 아무런 의미도 없었어. 크누텐은 정원에 앉아서 상체를 구부린 채 팔짱 낀 손을 가슴에 대고 누르고 있다. 크누텐은 차들이 꼬리를 물고 도로를 지나가는 모습을 지켜본다. 아내는 곧 돌아올 거야, 이제는 돌아와야 해, 하고 생각한다. 그리고 그는 걸음을 재촉하는 그녀를 마음속으로 그려 보던 것을 멈춘다. 그러고는 그녀가 약간 숨이 차서, 나 저녁 내내 당신을 찾아다녔어, 무슨 일이 있었던 거야, 그냥 줄행랑을 놓다니, 당신을 찾을 수가 없었단 말이야, 라고 말하는 상상을 한다. 그러다가 크누텐은 아래쪽 길에서 그녀의 목소리가 들려오는 것 같다는 생각을 한다. 크누텐은 앉아서 꼼짝도 하지 않는다. 아무도 날 못 볼 테지, 날이 어두우니까. 아무도 날 알아챌 필요는 없어, 가만히 앉아 있자, 아내가 이제 곧 올 거야, 하고 생각한다. 아내는 그 친구와 함께 있을 테지, 서로 손을 맞잡고 걷다가, 걸음을 멈추고, 그녀가 그 친구의 볼에 키스를 하는 거야, 하고 생각한다. 그러다가 크누텐은 길에서 나는 발자국 소리를 듣는다. 두 사람이 걸어오고 있다. 이제 그는 확신한다. 그때 그녀의 목소리가 들려온다. 바로 그녀의 목소리다. 그러나 그녀가 무어라 말하는지는 잘 들리지 않는다. 오직 그녀의 목소리만 분간할 수 있을 뿐이다. 크누텐이 가만히 앉아 있는데, 적어도 잠시만이라도 더 걸어갈래요, 라고 그녀가 말하는 소리가 들려온다. 대답하는 이가 없다. 전 당신이랑 가고 싶어요, 집에 가고 싶지 않아요, 라고 그녀가 말한다. 그리고 그녀는 당신이랑 길을 따라 걷는 거, 그건 분명 할 수 있겠죠, 라고 말한다. 내가 대답을 주지 않은 채 침묵하고 있자 듣고 있던 크누텐은 자기 머리를 가볍게 내저으며 스스로에게 조소를 보낸다. 이건 너무 멍청한 짓이야, 하고 그는 생각한다. 더는 내키지 않아. 이제 이걸로 충분해, 하고 그는 생각한다. 그런데 그때 전 당신이랑 있고 싶어요. 집에 가고 싶지 않아요. 라고 그녀가 말하는 소리가 들려온다. 크누텐은 이러고 있을 순 없다는 것을 깨닫는다. 이건 너무 멍청한 짓이야. 이 짓을 계속할 순 없어. 크누텐은 천천히 자리에서 일어나 언덕을 걸어 내려간다. 그는 길가로 걸어 내려와. 그 자리에 서서 뻗어 있는 길을 살핀다. 그러자 그의 아내와 내가 길을 따라 걷고 있는 소리가 그의 귀에 들려온다. 그리고 우리가 보트하우스 곁에 멈춰 서자. 크누텐은 아냐. 그럴 순 없어. 아무것도 모른다며. 모르겠다며. 아내가 무대 뒤에 앉아 있었는데. 저 친구는 그녀가 어딨는지 모른다고 했어. 그랬었는데. 하고 생각한다. 그리고 그녀가 무어라 이야기하는 소리가 들려오는데. 무슨 말인지는 알아들을 수가 없다. 아마 아내는 그녀가 머무는 집에는 갈 수 없다고 말할 테지. 내 어머니가 거기 계시니까. 우리 다른 장소를 찾아야 할 것 같아요. 라고 아내는 말할 거야. 그러면 저 친구가 보트하우스를 언급하겠지. 아마 보트하우스 안에 들어갈 수 있을 거라고. 그러면. 들어가자마자. 아내는 저 친구의 배를 쓰다듬다 그곳까지 내려가겠지. 그런데 그때 풀숲을 헤치는 발자국 소리가 크누텐의 귀에 들려온다. 이제 보트하우스로 내려가는 모양이군. 하고 그는 생각한다. 저기. 내가 들어가 봐야 할 텐데. 하고 크누텐은 생각한다. 물론 그럴 순 없어. 아무것도 할 수 없을 거야, 정말 그리 멀진 않아, 꼭 저기 가야 돼, 그렇지, 그래야 한다고, 그런데 그때 닳아 빠진 경첩 몇 개가 삐걱대는 소리가 크누텐의 귀에 들려온다, 지금 아마 저 친구가 덧문을 연 모양이군, 하고 그는 생각한다, 저 문은 열린 지 오래됐지, 분명 우리가 어렸을 때였을 거고, 아무도 연 적이 없었을 거야, 그러지 않았을 거야, 무슨 일이 일어날까, 그랬을지도, 오래전에, 혹시 그랬을지도, 이제 저들이 보트하우스 안으로 들어가서는, 사다리를 올라, 촛불을 켜고, 둘이서 떡을 치겠지, 분명해, 그래, 하고 크누텐은 생각한다, 다른 것보다도 우선 지금 안으로 들어가야 해, 들어가, 꼭, 다른 방법은 없어, 그래야만 해, 반드시, 그렇게, 그래, 지금 떡을 치고 있다고, 들어가야 해, 그렇게, 그래, 난 음악교사고, 다른 사람들을 만나는 걸 기피해, 사람들을, 동창들을 다시 만나면 무슨 일이 일어날까 당황해했지, 그런데 지금 저들이 보트하우스 안에 드러누워 있어, 밀가루 포대 속에 낡은 면 후릿그물을 넣어 만든 소파 위에 말이야, 그리고 지금 떡을 치고 있다고, 하고 크누텐은 생각한다, 정말 말도 안 돼, 그것에 대해선 생각하고 싶지 않아, 들어가야 돼, 잘은 몰라도, 꼭, 못하겠어, 분명 일이 벌어지고 있을 텐데, 못하겠어, 크누텐은 정원으로 다시 올라가 장의자 위에 앉는다, 위스키 병이 떠올라 한 모금 마시고는, 장의자에 앉은 채 몸을 웅크린다, 춥군, 아내는 곧

올 테지, 하고 그는 생각한다. 마을 축제는 이제 분명 끝났을 테니, 이제 그녀가 곧 올 거야, 하고 그는 생각한다. 크누텐은 몸을 웅크린 채 기다리면서, 틀림없이 무슨 일이 벌어졌으리라 생각한다. 빌어먹을, 그럴 순 없어, 이런 추위에, 가만히 앉아 있다니, 이건 너무 바보 같은 짓이야. 자자, 다들 잠들어 있잖아. 아내는 무대 뒤에, 보트하우스의 위층에 앉아 있었지. 무슨 일이 일어났을까, 무슨 수를 써야 할 텐데, 모르겠어. 무슨 일이 일어나진 않았을 거야. 아니, 분명 무슨 일이 생긴 거야. 그러다가 크누텐은 아래쪽에서 누군가 다가오는 발자국 소리를 듣는다. 이건, 이제 더는 안 돼, 그럴 순 없어, 이제 더는 안 돼, 그럴 순 없어, 그냥 일어나야 해. 어쩌면, 늦은 시간에, 추운데, 그냥 여기 앉아 있어야 하다니, 하고 그는 생각한다. 그때 그는 길에서 다가오는 발소리를 또렷이 듣는다. 그리고 그는 길을 걸어 올라오는 그녀를 목격한다. 그녀는 재빠른 걸음으로 걸어 올라오고 있다. 아내가 날 쳐다보지 않는군, 하고 크누텐은 생각한다. 그녀는 서둘러 현관으로 가더니, 문을 열고 안으로 들어간다. 신경도 안 쓰나 보군, 하고 크누텐은 생각한다. 그날 밤, 그 작은 섬에 올라 그녀가 뭘 했는지 물어봐야겠어, 반드시 알아내야 해, 하고 그는 생각한다. 크누텐은 장의자 위에 웅크리고 앉아서, 지금은 다른 일은 하지 말자, 하고 생각한다. 그냥 앉아 있자, 다른 건 없어, 지금은 그냥,

나중에 생각하자, 다른 건 없어, 하고 그는 생각한다. 그런데 잠시 뒤 그의 아내가 현관으로 나오는 것이 보인다. 그녀는 그 자리에 서서 밖을 내다보다가, 마당으로 걸어가 길을 내려다본다. 그러자 크누텐이 그래, 난 여기 있어, 여기 앉아 있다고, 라고 말한다. 그러자 그의 아내가 그를 향해 걸어온다. 그녀는 그에게 다가서더니, 크누텐, 당신 이제 자러 가야지, 라고 말한다. 그러자 크누텐이 그래, 이제 잘 시간이지, 늦었군, 이라고 말한다. 그러자 그의 아내는 안으로 들어가고, 크누텐은 술병을 집어 들고는 안으로 들어서서 등 뒤로 문을 잠근다. 그런 다음 그는 계단을 걸어 올라가 딸들을 한번 살펴본다. 딸들이 깊이 잠든 모습을 보고 나서 그는 침실로 걸어 들어간다. 그의 아내가 이미 잠자리에 든 모습이 보이자, 그는 옷장 안에 술병을 집어넣고 옷을 벗고는 이불 밑으로 기어들어간다. 크누텐은 그의 아내가 잠이 든 척하고 있음을 알아차리지만, 그는 이제 신경 쓰지 않는다. 더는 그러고 싶지 않아, 하고 그는 생각한다. 침대 속으로 파고들며 크누텐은 춥군, 그렇지만 곧 따뜻해지겠지, 모르겠다, 하고 크누텐은 생각한다. 꾸벅이고, 깊이 잠들지 못하고, 누워서, 뒤척거리고, 이마에 열이 오른다. 그는 누워 있다가, 일어나기로 마음먹는다. 더는 못해 먹겠군, 산책을 나가자, 하고 그는 생각한다. 그는 침대를 빠져나와 옷을 입는다. 그러고는 길을 걸어 내려온다. 더는 못해 먹겠군, 하고 그는 생각한다. 길을 걸어 내려오다가 그는 내가 사는 집을 발견하고, 나를 바라본다. 나는 마당에 서 있다가 그에게 손을 흔든다. 그러나 이제 더는 못해 먹겠군, 하고 크누텐은 생각한다. 더는 못해, 하고 그는 생각한다. 그냥 그러고 싶지 않아, 그리 중요하지도 않고 원하지도 않아, 하고 생각한다. 그러다가 그는 내가 길 쪽으로 다가오는 모습을 본다. 그러자 크누텐은 그만 가야겠군, 이제 가야 해, 난 그럴 수 없어, 얘기를 나눈다는 건 불가능해, 그만 가야 해, 이제 끝이 났어, 더 이상은 안 돼, 평온함을 찾아야겠어, 뭘 할 수가 없어, 이제는 말도, 그냥, 더 이상은, 그럴 순 없어, 할 수가 없어, 꼭, 지금은 평화를, 휴식을, 지금은 아니야, 원하지 않아, 이른 아침인데, 사람들은 늘, 이제 더 이상은, 아니야, 하고 크누텐은 생각한다. 그러고서 크누텐은 길을 따라 걸어가기 시작한다. 난 집에 가는 게 좋겠어, 그래, 그래야겠어, 서둘러 돌아가자, 지금은 아냐, 지금은 좀 평화로웠으면, 이건 너무나 멍청한 짓이야, 할 수 없어, 음악교사, 그랬어야 했는데, 지금은 아니야, 보지 마, 이른 아침이고, 추운데, 할 수 없어, 꼭, 더 이상은, 끝났어, 돌아갈 길을 찾자, 피곤해, 잠들었어야 했는데, 꼭, 하고 크누텐은 생각한다. 그리고 나는 크누텐이 길을 걸어가는 것을 바라본다. 나는 이대로는 안 될 것 같다고, 무언가 끔찍한 일이 벌어질 것만 같다고 생각한다. 불안감이 극심하고,

내 왼팔이, 내 손가락이 쑤신다. 나는 그 자리에 서서 크누텐이 길을 걸어가는 것을, 그의 뒷모습을 바라본다. 이후로 나는 이따금씩 그가 서 있던 길을, 그가 어떻게 돌아섰는지를, 그가 어떻게 길을 걸어가기 시작했는지를 마음속으로 떠올려 보았다. 나는 이곳에 앉아 글을 쓴다. 그리고 더 이상 밖에 나가지 않는다. 불안감이 날 엄습해 왔다.

나는 그냥 이곳에, 매일 앉아 있다. 나는 불안감을 계속 떨쳐내기 위해 글을 쓴다. 이 불안감이 더 커진 것인지 아니면 작아진 것인지 모르겠다. 나는 이곳에 앉아 글을 쓴다. 어머니는 아래층을 서성거리고 있고, 텔레비전 소리가 위층까지 들려온다. 크누텐의 아내. 노란 우비. 청재킷. 그녀의 눈. 나의 어머니. 어머니는 그리 나이가 드시진 않았고, 내 볼을 쓰다듬어 주신다. 어머니는 아래층을 서성거리고 있고, 그 발자국 소리는 위층에서도 들을 수 있다. 나는 텔레비전 소리를 듣는다. 이러면 안 된다, 라고 어머니가 말한다. 이렇게 글을 쓰는 걸 그만두거라. 밖으로 나가야 해. 전에는 적어도 장을 보러는 갔었고, 이따금씩 연주 일도 있었잖니. 이러면 안 된단다, 라고 그녀가 말한다. 나는 더 이상 밖에 나가지 않고, 불안감이 엄습한 이후로 기타에는 손도 대지 않는다. 연주 일도 더 이상 하지 않고, 연습도 하지 않는다. 난 모르겠다. 나의 어머니.

넌 이 글쓰기를 그만둬야 한단다, 라고 나의 어머니가 말한다. 적어도 기타가 더 나았겠구나, 라고 그녀가 말한다. 나는 이곳에 앉아 글을 쓴다. 난 모르겠다. 이 불안감이 엄습해 온 것은 지난여름이었다. 난 이 불안감을 떨쳐 버려야 한다. 그것이 내가 글을 쓰는 이유다. 나의 어머니는 아래층을 서성이고 있고, 나는 이곳에 앉아 글을 쓴다. 다락의 방 두 칸이 내 몫인데, 그중 하나는 실제론 방이라고 부를 수 없고, 거의 옷장이나 마찬가지다. 기울어진 천장 탓에 똑바로 서 있기가 어렵다. 이곳에 내 침대가 있다. 방 안에는 침대만 있다. 나는 침대를 자주 사용한다. 그것이 이 불안감이다. 나는 더 이상 책을 읽지 않고, 그저 글쓰기에만 매달리고 있다. 예전에 나는 도서관에 자주 갔다. 이 불안감이 엄습한 이후로는 더 이상 책을 읽지 않는다. 난 모르겠다. 난 글을 쓰고 나면, 잠자리에 든다. 난 더 이상 밖에 나가지 않는다. 그것이 이 불안감이다. 지난여름 난 크누텐과 마주쳤으나 크누텐은 지나쳐 버렸다. 내가 소리쳐 불렀지만, 크누텐은 그저 걸어가 버리기만 했다. 나는 자주 침대에 누워 있다. 침실 안은, 거의 항상 갈색 커튼이 정면의 창문을 가리고 있다. 난 더 이상 밖에 나가지 않는다. 그것이 이 불안감이다. 내 왼팔이, 손가락이 쑤신다. 난 모르겠다. 나는 서른 살을 넘겼는데도, 내 삶에 이룬 것이 없다. 교육도 받고 있지 않고, 고정직을 가져 본 적도 없다. 지난여름 난 크누텐과 다시 마주쳤다. 크누텐은 음악교사가 되었고, 가정을 꾸렸다. 두 딸이 있다. 크누텐은 그의 동창과 춤을 춘다. 나는 이곳에 앉아 글을 쓴다. 내게는 몇 권의 책들이 있고, 몇 개의 음반들이 있다. 나는 음반들을 더 이상 듣지 않는다. 글을 쓰기 시작한 이후로는 기타에도 손을 대지 않았다. 난 불안감을 떨쳐 내기 위해 글을 쓴다. 아래층의 텔레비전 소리가 들리고, 어머니가 아래층을 서성이는 소리가 들린다. 그것이 전부다. 그것이 이 불안감이다. 지난여름 난 크누텐과 다시 마주쳤고, 그것은 그를 마지막으로 본 이후 분명 10년 만이었다. 그때 그는 길모퉁이를 돌아 내 쪽으로 오고 있었다. 그는 결혼했다. 두 딸이 있었다. 크누텐의 아내. 난 크누텐과 다시 마주쳤다. 불안감이 엄습해 온 것은 그때였다. 내가 글을 쓰기 시작한 것은 그때였다. 크누텐과 나. 우리는 다른 멤버 두 명과 함께 밴드를 만들었다. 나이를 먹자 우리는 무도회가 열리는 온갖 장소에서 연주를 하기 시작했다. 그것이 크누텐과 나였다. 매년 우리는 연습을 했고, 연주 일을 얻었다. 이른 토요일 오후에 장비를 챙겨 낡은 밴에 싣고서, 몇 시간을 달려 청소년 센터나 다른 곳들에 가는 것이다. 주최자들이 이미 와 있었던가 하면, 대부분은 그렇지 않았다. 그러면 우리는 전화를 걸어야 했다. 낯선 마을 안에서 차를 몰며 청소년 센터 열쇠를 갖고 있는 사람을 찾아야만 다시 짐을 옮기기 시작할 수 있었다. 어두운 청소년 센터의 강당을 가로질러 확성기와 기타 가방들을 나르고, 그것들을 무대 위로 들어 옮긴다. 그런 다음 짐을 풀고 기타와 베이스의 음을 맞춘다. 그리고는 한두 곡 정도 예행연습을 해야 한다. 그렇게 모든 준비가 끝나면 우리는 무대 뒤에서 맥주를 마시거나 담배를 피우거나 하며 앉아 있을 수 있었다. 앉아서 기다리다가, 무대를 몇 번 돌아보는데, 어느 날 저녁에, 그녀가 청소년 센터 바깥쪽에 서 있었다. 그녀는 여자 친구와 함께 청소년 센터 바깥쪽에 서서 무도회가 시작되기를 기다리고 있었다. 난 그녀가 그곳에 서 있는 것을 보았다. 나는 다시 안으로 들어와 무대 위로 올라가 무대 뒤편에 앉았다. 나는 그녀를 본 적이 있다는 것을 알고 있었다. 그녀가 저기 서 있었다. 청소년 센터 앞에, 저기 서서 무도회가 시작되기를 기다리고 있었다. 내가 무대 뒤에 앉아 있는데, 크누텐이 무대를 한 바퀴 돌아보고는, 이제 사람들이 꽤 많이 왔어, 벌써 15분이 지났으니, 시작하는 게 좋겠다, 라고 말한다. 나와 다른 멤버들은 남은 맥주를 비우고, 담배를 비벼 끄고는, 무대로 나간다. 나는 기타를 들어 올려 조율을 확인한다. 소리가 괜찮다. 나는 피크를 찾아 들고 다른 멤버들이 준비를 마치길 기다린다. 준비가 완료되자, 우리는 그 자리에 서서 크누텐이 주위를 돌아보기를 기다린다. 그리고 크누텐이 우리를 돌아보자, 짧게 고개를 끄덕이고는 연주에 돌입한다. 시작 때 서로 음이 잘 맞아 들어간 적은 한 번도 없었다. 내가 강당을 흘끔 쳐다보니, 첫 번째 무리가 벌써, 몇 몇 사람들이 이미 도착해 있었다. 나는 청소년 센터 바깥쪽에 서 있던 여자아이를, 여자 친구와 함께 서 있던 그 여자아이를 눈으로 찾는다. 몇몇 소녀들과 소년들이 무대 앞에 줄지어 서 있는데 그녀는 보이지 않는다. 첫 번째 무리가 강당을 가로지르기 시작했고, 몇몇 소녀들은 이미 벽을 따라 앉았다. 나는 화음을 넣으며 강당을 살핀다. 몇몇 소년들이 무대 앞에 줄지어 서서 장비를 쳐다보며 감탄하고 있다. 주말마다 똑같이 반복된다. 매주 토요일 밤마다 다른 청소년 센터에서 연주 일을 한다. 늘 똑같다. 그런데 이번에는, 그 여자아이가, 그녀가 무대 앞에 서 있다. 나는 그 자리에 서 있는 그녀를 바라본다. 이번 한 번만큼은, 그 여자아이를, 그녀의 눈을. 그녀가 여자 친구와 함께 무대 앞에 서 있는데, 나는 그녀가 날 바라보고 있음을 알아챈다. 난 시선을 돌려 버리고, 그녀를, 그녀의 눈을 바라볼 엄두를 내지 못한다. 그 자리에 서서 화음만 넣는다. 무대 앞 가장자리에 한 무리의 소년들이 서서 우리의 장비에 감탄하며, 입을 여는 사람의 귀에다 자기 입을 가져다 대고 서로들 무언가 이야기를 하고 있다. 그리고 그녀는 여자 친구와 함께 서 있는데, 나는 감히 그녀를, 그녀의 눈을 바라볼 엄두를 내지 못한다. 화음만 넣고 또 넣는다. 첫 번째 순서의 곡들은 음이 약간 고르지 않아서, 우리는 검사를 하고 소리를 맞춘다. 저녁이 깊어 가면서 소리가 더 잘 맞아 들어가게 된다. 그녀는 무대 앞에 서 있다. 나는 그곳에 서 있는 그녀를 바라본다. 그녀가 나를 바라보자, 나는 시선을 돌리고, 감히 그녀의 눈을 바라볼 엄두를 내지 못한다. 강당이 차기 시작하고, 소리가 무르익는다. 춤이 시작되었는데, 그녀는 여자 친구와 함께 무대 앞에 서 있다. 그냥 그 자리에 서 있다. 사람들이 쏟아져 들어온다. 크누텐은 노래를 부르고, 부를 노래를 발표한다. 대체로 우리는 정해진 순서를 가지고 있고, 때때로 약간의 변화가 있다. 두 곡 사이에, 누군가 무대 위로 걸어 올라와 몸을 굽히고 우리에게 이런저런 곡을 연주해 달라고 요청한다. 대개 그때 당시에 유행하는 곡이다. 우리가 연습한 곡이면, 크누텐은 때로는 바로 연주하겠습니다. 때로는 나중에 할 겁니다. 라고 말한다. 우리는 연주한다. 강당은 어느 정도 꽉 차 있는데, 아주 가득 채워지는 경우는 드물다. 사람이 적었던 경우도 거의 없다. 우리는 연주한다. 그녀는 무대 앞에 서서, 나를 바라보다가, 시선을 아래로 내린다. 우리는 연주한다. 휴식 시간이 되어, 나는 기타를 내려놓고, 앰프를 끄고는, 무대 뒤로 걸어가, 맥주를 찾아 들고, 담배를 피운다. 휴식 시간에, 나는 기타를 내려놓으며, 그녀가 아직 무대 앞줄에 서 있는 모습을 바라본다. 지금은 여자 친구와 이야기를 나누고 있다. 연주 일은 대개 모두 똑같은 일의 반복이었는데, 그녀는 갑자기 그곳에 나타났다. 이번 해든 다음 해든 주말은 다 마찬가지다. 그런데 그녀가 그 자리에 서 있다. 휴식 시간에, 내가 무대 뒤에 앉아 있다가 강당 쪽을 흘끔 내다보니, 몇몇 사람들은 취해서 조금 비틀거리기 시작하고 있고, 다른 사람들은 멀쩡히 서서 이야기를 나누고 있다. 그때, 그 여자아이, 그녀의 눈, 무언가 이상한 것이 나를 끌어당긴다. 새 무대다. 시작한다. 한 곡 한 곡 차례로 연주한다. 몇몇 사람들이 무대 앞으로 모여들어 우리를 쳐다본다. 그녀는 여자 친구와 함께 그 자리에 서 있다. 그녀가 나를 쳐다보는데, 나는 시선을 돌리고, 감히 그녀의 눈을 쳐다볼 엄두를 내지 못한다. 사람들이 춤을 춘다. 몇몇 사람들은 강당을 어슬렁거리고 있다. 매주 토요일 밤, 그 단 한 순간만큼은 저 여자아이가, 그녀의 눈이, 그녀가 무대 앞에 서 있다. 작은 몸을 조금 구부리고서, 앞머리 너머로 큰 눈을 반짝이면서, 한쪽 발에 몸무게를 싣고서, 그러다가 그녀의 주위로 사람들이 춤을 추며 그녀를 밀면, 그녀는 조금 움직였다가, 다시 예의 그 자세로 서는 것이다. 그녀가 무대 앞에, 여자 친구 곁에 서서 나를 바라본다. 그러자 나 역시 그녀를 쳐다보아야겠다고 마음먹는다. 그리고 내가 그녀를 바라보자, 그녀가 나를 바라본다. 우리의 시선이 마주치다가, 떨어진다. 모든 것은 아주 한순간에 일어났다. 이제 우리는 그곳에 있었다. 우리는 연주한다. 나는 기타를 들고 서서 화음을 넣으며 강당을 내다본다. 그녀는 무대 앞에 서 있다. 그런데 그때 꽤나 얼큰하게 취한 어떤 녀석이 그녀에게 걸어가, 춤을 추자고 하는 것이 보인다. 그녀가 고개를 내젓자, 녀석은 어깨를 으쓱이고는 걸어가 버린다. 우리는 연주한다. 나는 화음을 치고, 크누텐은 노래를 한다. 그녀가 크누텐을 쳐다본다. 그가 그녀를 쳐다본다. 여자 친구와 함께 무대 앞에 서 있는 그녀. 이제 나는 비로소 그녀가 더 이상 나를 보지 않고 크누텐을 쳐다보고 있음을 알아차린다. 그리고 크누텐도 그녀를 쳐다보고 있다. 우리는 연주한다. 그녀는 그 자리에 서 있다. 한 곡 이후에 다음 곡. 그러는 내내 크누텐은 그녀를 쳐다본다. 나는 화음을 친다. 다시 휴식 시간이 되어, 나는 무대 뒤편으로 걸어간다. 보니 우리가 연주를 멈추었는데도 그녀는 무대 앞에 여자 친구와 함께 남아 있다. 나는 무대 뒤로 걸어가, 맥주를 찾고, 담배를 피운다. 크누텐도 들어와 맥주를 찾고, 담배를 피운다. 그런데 크누텐이 난 좀 돌아보면서 걷다 올게, 우리 오늘 밤 이 청소년 센터에서 묵을 거니까, 잘 준비를 좀 해 둬야 할 것 같아, 라고 말하며 웃음을 터뜨린다. 그리고 맥주를 크게 한 모금 들이켠다. 나는 그가 걸어 나가는 것을 지켜본다. 그 여자아이, 그녀는 저녁 내내 무대 앞에 서 있었다. 나는 감히 그녀를, 그녀의 눈을 바라볼 엄두를 내지 못했다. 그러다 아주 갑작스레, 그렇게 우리는 그곳에 있었다. 나는 맥주를 마시고 담배를 피운다. 나는 일어서서, 다리를 좀 풀고 싶다고 말하고, 무대로 걸어 나가 강당을 내다본다. 그런데 벽을 따라 놓여 있는, 가장 멀리 떨어진 장의자에 크누텐과 그 여자아이가 앉아 있는 것이 보인다. 크누텐이 그의 팔을 그녀의 어깨에 두르고 있다. 그녀는 크누텐에게 기대어 있는데, 몸이 뻣뻣하게 굳어 있음을 확인할 수 있다. 나는 다시 돌아와, 무대 뒤에 앉아 또 맥주를 마신다. 그러자 드러머가 너 그렇게 많이 마시지 마, 우리 아직 연주 안 끝났어, 조금만 기다려, 라고 말한다. 그러자 나는 고개를 끄덕이고는, 그냥 조금만, 이라고 말하고, 주저앉아 맥주를 마신다. 그러자 드러머가 무슨 일이야, 표정이 이상해 보이는데, 라고 말한다. 그러자 나는 아냐, 아무것도, 라고 말한다. 그러자 그가 우리 곧 다시 시작해야 돼, 크누텐을 찾아야겠어, 지금 다시 시작해야 하니까, 라고 말한다. 크누텐이 준비를 할 땐 어떤 기분인지 알아, 그럴 때 걔는 모든 걸 다 잊어버려, 라고 그가 말한다. 그러고서 그는 자리를 뜨더니, 잠시 뒤 돌아와서는, 너 지금 나와야 돼, 지금 다시 연주를 시작할 테니까, 라고 말한다. 나는 몸을 일으켜 무대로 걸어 나가, 내 기타를 집어 들고, 앰프를 켠다. 저기 그 여자아이가 무대 앞에서 여자 친구와 함께 서 있다. 그리고 우리는 다시 연주를 한다. 강당은 이제 만원이다. 사람들이 춤을 추고 빙글빙글 도는데, 그녀는 그냥 무대 앞에 가만히 서 있다. 매 주말마다, 우리는 낡은 밴에 장비를 싣고서, 몇몇 청소년 센터나 다른 곳들로 차를 몰아, 짐을 안으로 실어 나르고, 소리를 조율하고, 연주를 하고, 휴식을 취하고, 연주를 하고, 휴식 시간에 맥주를 마시고 담배를 피운다. 그리고 연주가 끝나면, 그때는 파티를 벌인다. 매 주말마다. 그때, 그 여자아이. 그녀는 그 저녁 내내 무대 앞에 서서, 나를 바라보고, 크누텐을 바라봤다. 지금 어머니가 계단을 올라오는 소리가 들린다. 나는 이곳에 앉아 글을 쓰고 있고, 어머니는 지금 한 걸음 한 걸음 다가오고 있다. 그러면 지금 어머니가 원하는 것은 무엇일까. 어머니가 바닥을 가로지르는 소리가 들린다. 불안감이 내 몸에 스며든다. 어머니는 아마 더 이상 밖에는 절대 나가지 않으려 드는구나. 여기서 이러고 있으면 안 돼. 이런 글쓰기는 그만둬야 한단다, 라고 내게 말할 것이다. 나는 모르겠다. 나는 더 이상 밖에 나가지 않는다. 오랫동안 기타에는 손도 대지 않았다. 모르겠다. 어머니는 문간에 서서, 노크를 한 번 하고는, 문을 연다. 그녀가 나를 바라보며 이게 무슨 일인지 묻는다. 어째서 더는 밑에 내려와 보지도 않는 거니, 여기 그냥 앉아 있을 수만은 없잖아, 밖에도 좀 나가야 한단다, 이러고 있으면 안 돼, 적어도 전에는 연주라도 했지, 지금은, 이건. 어머니는 문간에 서 있다. 나는 글쓰기를 멈추고, 고개를 들어, 어머니를 바라본다.

어머니는 그냥 안으로 들어와서는, 내 뺨을 쓰다듬으며, 이 글쓰기를 그만둬야 한다고 말했다. 밖으로 나가야 해, 마트에 라도 가든지, 연주 일이라도 몇 가지 할 수 있을 거야, 라고 말한다. 그러고는 오늘 크누텐의 어머니와 이야기를 나누었다고 말한다. 그 사람 말로는 크누텐의 아내가 죽었다는구나. 늘 끝이 좋지 않을 것 같았다면서. 다른 방도는 보이지가 않았다고. 그 사람이 그러더구나. 그 여자가 죽은 건 조금 전이라는데. 익사한 채로 발견됐대. 그건 끔찍했다고, 그렇지만 끝이 좋진 않았을 거랬지. 아이들한테 안된 일이라고, 아마도 자살이었을 거라고. 그러더구나. 어머니는 내 뺨을 쓰다듬으며 내려올 것을 부탁했다. 네가 여기 앉아 글을 쓰고만 있을 수는 없잖니, 라고 그녀가 말했다. 어머니는 그냥 안으로 들어왔다. 넌 내려와야 한단다, 라고 그녀는 말했다. 나는 모르겠다. 이 불안감을 견딜 수가 없다. 나의 어머니. 나는 계단을 내려가는 그녀의 발소리를 들었다. 어머니는 그리 나이가 드시진 않았다. 이제 이 불안감을 견딜 수가 없다. 따라서 나는 내 글쓰기를 끝낸다.

평범한 일상과 시적 언어에 담아낸 삶의 진정성

　포세는 입센 이후 최고의 노르웨이 작가로 일컬어진다. 그는 평범한 일상을 투명하게 응시하며 삶의 본질을 꿰뚫어 내는 데 탁월한 재능을 갖고 있다. 특히 그의 작품들은 이중적 언어로 읽힐 수 있는 시적 언어를 통해 불필요한 군더더기를 생략하고 철저하게 압축되어 삶의 본질에 다가가고 있다. 무엇보다도 그에게는 소도시 또는 지방의 삶을 조명한다는 맥락에서 전통적인 테마들의 묘사가 두드러진다. 여기에는 마치 낭만주의의 전형적인 테마들을 떠올리게 하는, 즉 인간의 삶에 있어서 중요한 테마인 가족관계의 연속성과 자연의 경험들이 포함되어 있다. 포세는 정치적이고 투쟁하는 작가가 아니다. 그는 평범한 삶의 모습 속에서도 볼 수 있는 갈등과 마음의 번민, 죄와 실망 등 상당히 원초적인 문제들을 짚어 낸다.

　피오르에 사는 극히 단순하고 일반적인 사람들의 모습들. 서로 유사한 인물들과 플롯을 통해서 포세는 우리의 삶을 경건하게 들여다보게 한다. 평범한 사람들, 위로받고 싶은 사람들, 고통스러워하는 사람들. 그들에게는 그곳에서 벗어날 수 없는 삶의 그림자가 짙게 드리워져 있다. 피오르와 같은 대자연과 보트하우스 같은 오래된 장소는 포세의 작품들에 있어 근본을 이루는 주요한 요소이다. 그 대자연 속에 묻혀 있는 사람들과 죽음과의 관계는 포세가 보여 주고자 하는 진정성이다. 포세는 단순히 노르웨이의 피오르 주변에 사는 평범한 인간의 평범한 삶을 다루면서도 작품 속에서 모든 사람이 공감할 수 있는, 즉 자연과 언어 그리고 문화적인 차이와 지역성을 뛰어넘어서 공감할 수 있는 삶과 죽음의 심연을 들여다보게 만든다.

이와 함께 살펴볼 것은 포세의 작품이 가지는 언어적 특질이다. 포세가 의도적으로 사용하는 신新노르웨이어Nynorsk는 서부노르웨이에서 사용되는 방언으로 노르웨이어에 의거한 구성어構成語이다. 그는 단순히 방언의 사용이 아니라 그 언어가 지닌 소리, 리듬 그리고 흐름을 통해서 반복과 사이와 끊어짐의 미학을 완성한다. 반복적인 표현이 의미하는 것은 테마나 의미의 동일성, 분절, 의미의 집중, 전이와 같은 외형적인 것, 그리고 인물들 간에 서로 매달리며 서로의 안에서 하나가 되고 싶은 심층적이고 내면적인 모습이다. 철저하게 압축된 문장의 조각들과 그것들의 지속적인 반복은 자칫 지루하게 느껴질 수 있지만, 포세의 텍스트에서 나타나는 이러한 반복과 긴장 그리고 이완은 어느 순간 삶의 진정을 깨닫게 만든다.

포세의 글쓰기 철학을 엿볼 수 있는 소설, 『보트하우스』

『보트하우스』에 등장하는 이름 없는 화자인 젊은 남자는 사람과의 관계에 있어 무능하기 그지없다. 인간관계를 기피하며 어머니의 집 다락방에 살던 화자는 어떤 불안감에 사로잡혀 지난여름에 일어났던 사건들을 글로 써 내려간다.

"나는 더 이상 밖에 나가지 않는다. 불안감이 엄습하여 나는 밖에 나가지 않는다. 이 불안감이 엄습해 온 것은 바로 지난여름이었다."

어린 시절 친했던 친구의 고향 방문을 계기로 그들 사이에 미처 풀지 못한 10대 시절의 어떤 문제가 다시 떠오른다. 그 이후로 벌어진 사건들은 화자의 불안을 가중시킨다. 글을 쓰는 것은 화자가 자신의 불안감으로부터 벗어나는 유일한 수단이고, 불안으로부터 어떻게든 벗어나기 위해 그는 그동안 있었던 일을 강박적으로 써 내려간다. 표면적으로 일어난 일은 그렇게 많지 않다. 그렇지만 그는 자신의 불안감과 괴로움을 더는 주체할 수가 없다. 삶의 은신처이기도 했던 자신의 예술과 친근함에 관한 꿈들은 이제 더는 도달할 수 없다.

『보트하우스』는 폐쇄적이며 발작이 심한 한 인물에 관하여 내포적이고 심리적으로 다면적인 모습을 다루는 이야기다. 서

부 노르웨이의 불모의 환경을 배경으로 삼아 나지막하며 으스스한 기억들과 모티브로 특징지어지는 이 작품은 일인칭 화자를 통해 포세의 글쓰기에 대한 자세를 엿볼 수 있다는 점에서 매우 흥미롭다.

아도르노가 예술을 고통의 언어로 정의하듯 포세에게는 글을 쓴다는 것이 여간 고통스러운 것이 아니다. 이미 일어났거나 머리에 떠올렸던 일을 다시 이야기해야 하는 고통이 바로 그것이다. 포세는 노르웨이 국영 TV인 NRK의 기자 시스 비크Siss Vik와의 인터뷰에서 글을 쓰는 과정이 시작되기 전에 그가 이미 아는 것에 관해서 쓰는 것에 대해 꺼려짐을 언급한다. 글을 쓰는 데 있어서 구체적인 소망을 가지고 가능한 한 만족스럽게 자신의 텍스트를 계획하는 것이 중요한 것이 아니라 차라리 글을 쓰는 것 자체가 의미가 되게 하는 것이라고 포세는 말한다.

"저는 어떤 것에 대해서 글을 쓰지 않습니다. 내가 쓰는 것과 나는 관계가 없습니다. 다만 내가 가장 좋아하는 인용구는, '시란 무언가를 의미하는 것이 아니라 단지 존재하는 것이다.'라는 말입니다. 그런 다음 시를 읽으면서 의미를 찾게 되고, 최고의 시에서는 어쩌면 단어의 정확한 의미는 모른다고 하더라도 알고 있었거나 경험했던 것을 알아보게 되는 것 같습니다."

포세가 자신의 시에 관해서 이야기할 때 그가 자주 언급하는 인용이 호라티우스의 시학이다. 위에서 언급한 내용이 포세의 글쓰기 자세와 일치하는 것 같다. 텍스트는 어떤 것에 대한 은유가 되는 게 아니라 그 자체가 의미가 되어야 한다는 것이다.

음악으로 특징지어지는 포세의 문체 감각

『보트하우스』는 독특한 내러티브와 스타일로 자신만의 문학 세계를 보여 주는 포세의 초창기 소설이다. 포세의 초창기 소설에서 사용되는 문체는 매우 실험적인 이야기체의 산문 형식을 취하고 있다. 특히 잘 정제되고 절제된 반복 기법이 두드러진다. 윌리엄 포크너의 작품들과 유사한 특징을 보이는 포세의 작품에서는 반복 기법이 주로 내적 독백에서 나타나며, 기억과 회상 그리고 강박관념들로 이루어진다. 그렇다고 심리적인 면이나 사실주의적인 면이 중심은 아니다. 오히려 텍스트를 특징짓는 포세의 예술성과 문체 감각이 독자에게 강한 영향을 미친다.

포세의 작품을 읽는다면 그가 어떠한 말을 하는지 약간 이해하게 될 것 같다. 마치 컨트리가수처럼, 그가 글을 쓰는 것은 악기를 다루는 듯하고 노래를 부르는 듯하다. 음악처럼 반복, 재시작, 휴지가 있는데, 어쩌면 그는 바람, 폭풍, 파도, 비처럼, 다시 말해 자연처럼 생각하는 듯싶다. 이러한 단어의 흐름 속으로 의미, 표현 그리고 여러 가지의 테마가 드러난다.

지난번 『3부작』에 이어 이번에 『보트하우스』를 옮겼다. 포세의 대표작에 해당하는 이 두 작품을 통해 아직은 낯선 노르웨이 문학과 세계적으로 주목받고 있는 포세의 작품 세계가 한국의 독자들에게 한 걸음 더 가까워질 수 있기를 기대한다.

2020년 1월

홍재웅